In Love
Was Frauen begehren

ZUM BUCH:

Was Frauen begehren - In Love

Die junge Philippa Lehmann ist seit kurzem Marketing-Leiterin in einem renommierten Hamburger Konzern, als sich hoher Besuch ankündigt. Der Europa-Direktor aus San Francisco, Jayden Miller, wird für eine Woche ein wichtiges Projekt in dem Tochter-Konzern leiten.

Niemand hat jedoch damit gerechnet, dass auch eine leidenschaftliche Affäre zwischen Philippa und dem charmanten Jayden beginnen würde. Sie versuchen, ihre Affäre geheim zu halten, denn sie möchten keinen Skandal im Unternehmen verursachen. Allerdings hat auch die PR-Leiterin Lea Bauer ihre Finger im Spiel. Ist alles nur ein erotisches Abenteuer oder sind am Ende echte Gefühle mit im Spiel?

SANNAH SCOTT

IN LOVE

Was Frauen begehren

FSC
www.fsc.org
MIX
Papier aus ver-
antwortungsvollen
Quellen
Paper from
responsible sources
FSC® C105338

Impressum

Umschlaggestaltung & Buchsatz:
© S. Hinrichs

Herstellung und Verlag: BoD - Books on Demand, Norderstedt

ISBN Taschenbuch: 978-3-7534-6522-7

Bibliografische Information der Deutschen Nationalbibliothek:
Die Deutsche Nationalbibliothek verzeichnet diese Publikation
in der Deutschen Nationalbibliografie;
detaillierte bibliografische Daten sind im Internet über
http://dnb.d-nb.de abrufbar.

Kapitel 1

Seine tiefbraunen Augen hypnotisierten mich. Die Gefühle fuhren Achterbahn.

Das attraktive Lächeln!

Der männliche Duft eines herben Rasierwassers wehte mir in die Nase. Ich fühlte ein Kribbeln im Bauch, die berühmten Schmetterlinge, die sich über den gesamten Körper ausbreiteten. Kräftige Hände umfingen die Hüften.

Wir bewegten uns bedächtig zur Schmusemusik. Der intensive Blick fesselte und ich vergaß alles um mich herum. Wie fremdgesteuert drängte ich den Oberkörper an ihn, legte den Kopf an die aufgeheizte Brust und schlang die Arme um den Hals.

Mit einem Mal bemerkte ich eine Handfläche direkt über dem Po, während die andere den Rock hochschob. Ein Bein drückte sich quälend langsam an das obere Ende der Schenkel, presste massiv an das Venusdreieck. Ich atmete hastiger, Lustschauer verbreiteten wellenförmige Wogen, ich fühlte, dass ich feucht wurde.

Ihm ging es genauso, die härter werdende Männlichkeit drängte fordernd gegen meinen Bauch. Immer intensiver rieb der Oberschenkel an der Vulva, Hitze überströmte die Haut, ließ sie glühen. Die Scheidenmuskeln verkrampfen sich, ich stöhnte verhalten und riss die Augen auf.

Wie war ich nur in diese heikle Situation geraten?

Ich tanzte mit meinem Boss, den ich erst seit heute kannte, eng umschlungen in einer Bar.

Doch ich sollte von Anfang an erzählen.

Ich, Philippa Lehmann, war 25 Jahre alt und single. Partnerlos. Ohne feste Beziehung.

Warum?

Mein Ex meinte: »Zu konservativ, zu verklemmt, karrieregeil.«

Ich sagte: »Es hat noch nicht gefunkt.« Ein Mann sollte mich fordern. Intellektuell und sexuell.

Darum wartete keiner auf mich, wenn ich nach Hause kam. Ich wohnte nur einige U-Bahn Stationen von dem Tochterunternehmen eines amerikanischen Konzerns in Hamburg entfernt, in dem ich seit ein paar Wochen als Marketing-Leiterin tätig war. Zwar erledigte ich überwiegend den Papierkram, anstatt an Projekten mitzuarbeiten, doch das war mir egal. Ich hoffte, dass ich mit der Zeit oftmals reisen und die Welt sehen würde.

Alles begann an einem normalen Arbeitstag im Juni.

Ich fuhr um neun Uhr zur Arbeit, wie immer. Hier hatte ich jetzt ein eigenes Bürozimmer, jedoch gab es keine wirklichen Wände, vieles war aus Glas gestaltet.

Übersichtlich. Einsehbar.

Unter den aufmerksamen Blicken der Kollegen zog ich den Blazer aus und hängte ihn an einen Haken neben der Tür. Ich schaute kurz in den bodentiefen Spiegel, um mein Aussehen zu überprüfen. Ich kleidete mich im Büro dezent und elegant.

Ein champagnerfarbenes, eng anliegendes, hochgeschlossenes Top, dunkler Rock, der ein kleines bisschen über die Knie reichte, und schwarze Pumps. Die honigblonden Locken hatte ich bei dem warmen Wetter hochgesteckt, die wasserfarbenen Augen unauffällig geschminkt. Trotz des seriösen Spiegelbildes wirkte ich durch das puppenhafte Gesicht jugendlicher, als ich wollte.

Ich seufzte frustriert und setzte mich an den Schreibtisch. Jetzt erst sah ich das bereitliegende Memo und meine Laune änderte sich schlagartig.

Der Europa-Direktor des amerikanischen Konzerns kam heute aus San Francisco an, früher als geplant.

Ich fing an zu schwitzen, nervös rutschte ich auf dem Bürostuhl hin und her. Das Herz pochte heftig in der Brust. Er würde für eine Woche im Tochterunternehmen an einem Projekt arbeiten und ich war überraschenderweise mit dabei.

Zum ersten Mal.

Die letzten Wochentage arbeitete ich gewissenhaft an der Ausarbeitung des Marketing-Konzeptes.

Es sollte perfekt sein. Ein bedeutungsvoller Meilenstein für die Karriere.

Hastig schaute ich zu den anderen Kollegen. An der Grüppchenbildung sah ich, dass sie die Nachricht ebenfalls empfangen hatten.

Typisch. Jetzt ging das Getratsche schon wieder los.

Der Gast war seit Wochen Gesprächsthema Nummer 1. Ich war zwar genauso gespannt auf den amerikanischen Direktor, jedoch konzentrierte ich mich lieber auf das bevorstehende Projekt.

Sollten die anderen indessen die Köpfe zusammenstecken. Ich wollte einen positiven Eindruck hinterlassen.

Flüchtig schaute ich erneut auf das Memo. Die Begrüßung fand um vierzehn Uhr statt.

Nicht mehr viel Zeit.

Also los, an die Arbeit!

✳ ✳ ✳

Der Vormittag ging schnell vorüber und in der Mittagspause war selbstverständlich, wie ich vermutet hatte, das maßgebliche Thema: der Europadirektor aus Amerika. Alle warteten gespannt und aufgeregt. Auch meine Nervosität stieg, ich konnte es kaum noch erwarten, dass es endlich losging.

Ich wollte die Chance ergreifen, in der Firma aufzusteigen.

Nach dem Essen saß ich erneut konzentriert am Schreibtisch und arbeitete, als es im Büro schlagartig mucksmäuschenstill wurde. Ich schaute hinüber und sah, dass die anderen Kollegen in Richtung Tür lugten. Ich konnte den Eingang nicht direkt einsehen, wusste jedoch sofort, was los war, denn es war Viertel vor zwei.

Der Chef begleitete den Direktor aus San Francisco zum Versammlungsraum am Ende des Ganges. Die beiden mussten an allen Büros vorbeigehen, von schaulustigen Augenpaaren verfolgt. Selbstverständlich konnte ich es mir nicht verkneifen, einen flüchtigen Blick auf ihn zu werfen.

Du meine Güte war der jung.

Ich schätzte ihn auf Mitte dreißig. Irgendwie hatte ich einen Mann in den Fünfzigern erwartet. Er war hochgewachsen, ca. 1,85 m, hatte dunkelbraune kurze Haare und eine athletische Statur mit muskulösen Schultern. Der Anzug stand ihm ausgezeichnet, soweit ich das beurteilen konnte. Das Gesicht hatte ich nicht vollständig sehen können, doch ich würde ihn schließlich gleich kennenlernen.

Ich ergriff den Notizblock, einen herumliegenden Kugelschreiber und erhob mich. Mit den anderen Kollegen ging ich in den Versammlungsraum, welcher ebenfalls aus Glaswänden bestand, und nahm an der Seite des lang gestreckten Konferenztisches Platz. Der Amerikaner unterhielt sich angeregt mit dem Chef am Ende des Tisches.

Ich vernahm Gesprächsfetzen, wie: »Es freut mich, dass ich an diesem Projekt mitarbeiten kann ...«, »Gefällt Ihnen die Stadt ...?« Und ähnlichen Smalltalk.

Unterdessen hatte ich Zeit, ihn intensiver zu studieren. Interessiert betrachtete ich das scharf geschnittene Gesicht. Die von feinen Lachfältchen umgebenen dunkelbraunen Augen passten perfekt zur Haarfarbe. Die markanten, männlichen Gesichtszüge vervollständigten den positiven Gesamteindruck. Der Leinenanzug kleidete ihn vorteilhaft, ich stand schon immer auf Männer im Anzug.

Mein Blick streifte die kräftigen, gebräunten Männerhände, wanderten weiter zur Anzughose, wie um herauszufinden, ob das beste Stück auch so groß war, wie der Rest von ihm. Als ich merkte, wo ich tatsächlich hinschaute, erschrak ich.

War ich völlig übergeschnappt?

Ich konnte doch nicht einfach so in den Schritt des Direktors schauen.

Blitzschnell richtete ich die Aufmerksamkeit erneut auf das sonnengebräunte Gesicht. Zu meinem Entsetzen sah er mir frech grinsend direkt in die Augen. Flammende Röte schoss explosionsartig zum Kopf.

Ich musste leuchten wie eine Glühbirne oder eine Warnlampe.

Schnell senkte ich den Blick, schaute peinlich berührt auf den Fußboden. Krampfhaft versuchte ich, die Beherrschung zurückzugewinnen, mich auf das bevorstehende Meeting zu konzentrieren. Auf einmal wünschte ich brennend, dass es bald vorbeiging und ich wieder am Schreibtisch saß.

Endlich ging es los. Der Chef stellte strahlend den Gast vor: Jayden Miller, Europadirektor des amerikanischen Konzerns in den USA – San Francisco.

Allgemeine Begrüßung, Smalltalk.

Als Letzte kam ich an die Reihe.

»Das ist Frau Philippa Lehmann! Sie arbeitet erst seit einem halben Jahr bei uns als Marketing-Leiterin. Sie ist sehr tüchtig und wir haben hohe Erwartungen an sie.«

Ich errötete zum wiederholten Mal, allerdings nicht nur wegen des Kompliments, sondern zusätzlich, weil Mr. Miller mich intensiv fixierte und anlächelte. Endlich brachte ich ein paar Worte heraus: »Es freut mich, Sie kennenzulernen, Mr. Miller.«

»Die Freude ist ganz auf meiner Seite«, sagte er mit eindeutigem Akzent, wobei er meine Hand etwas zu lang festhielt. Danach stellte er sich an das Tischende. Jedermann schaute ihn gespannt an.

»Ich freue mich außerordentlich, mit Ihnen zusammenarbeiten zu können.« Er sah währenddessen verdächtig zu mir herüber. »Ich bin mir sicher, dass wir uns hervorragend verstehen werden. Da ich nur eine Woche in Hamburg bin, schlage ich vor, dass wir das erste Meeting gleich heute abhalten, um keine Zeit zu verlieren. Ist das in Ordnung, Herr Schmidt?«

Der Chef bejahte selbstverständlich.

»Gut, dann treffen wir uns um siebzehn Uhr ein weiteres Mal und arbeiten in den Feierabend hinein. Danke.«

Somit war das Meeting beendet und er verließ mit Herrn Schmidt zusammen den Konferenzraum.

Ich seufzte unzufrieden. Meine Pläne für den Abend wurden in diesem Augenblick durchkreuzt. Ausgerechnet heute wollte ich mit einer langjährigen Freundin ausgehen, die ich seit Ewigkeiten nicht gesehen hatte.

Stattdessen durfte ich Überstunden schieben.

Die anfängliche kindliche Scham, die er durch den Charme, die intensiven Blicke bei mir hervorrief, verwandelte sich in Ärger.

Der konnte nicht einfach unseren Feierabend streichen.

Wütend starrte ich auf den Fußboden.

Doch, er konnte, leider. Aber was tat man nicht alles für die Karriere ...

Missmutig ging ich zurück ins Büro an den Schreibtisch.

Der Chef und Mr. Miller erwarteten uns bereits.

Das Meeting begann mit einer Präsentation. Anschließend wurde diskutiert und man beschloss das weitere Vorgehen. Ich hörte aufmerksam zu, machte eifrig Notizen.

»Was ist mit Ihnen, Frau Lehmann? Was halten Sie von der Idee?«

Ich erschrak, zuckte unwillkürlich zusammen, schluckte krampfhaft. Alle schauten erwartungsvoll in meine Richtung. Zum Glück fing ich mich, sagte mutig und ehrlich meine Meinung und wurde mit einem Nicken von den anderen belohnt.

Auch Mr. Miller nickte zustimmend. »Sie haben völlig recht. Gut, dass Sie diesen Punkt ansprechen.«

Puh, das wäre fast schiefgegangen.

Ich war zufrieden mit mir.

Das hatte hervorragend geklappt.

Doch was Mr. Miller anging, war ich mir sicher, dass er mich nur bloßstellen wollte. Ich war noch nicht an der Reihe gewesen und er hatte mich überrascht. Die Wut über ihn wuchs, da konnte auch sein Charme nicht helfen.

Gegen 21 Uhr kamen endlich die erlösenden Worte: »So, wir haben einen fantastischen Anfang hergestellt. Morgen werde ich mich mit dem Produktleiter und dem IT-Leiter zusammensetzen. Übermorgen sind dann Frau Lehmann und die PR-Leiterin Frau Lea Bauer, dran, die bedauerlicherweise wegen mir den wohlverdienten Urlaub verkürzen muss. Sie können in der Zwischenzeit selbstständig an den Aufgaben arbeiten, bis zu unserem nächsten Meeting. Danke für Ihren Einsatz.«

Übermorgen.

Ich atmete erleichtert auf.

Geschafft!

Zügig packte ich die Unterlagen zusammen, wollte soeben aufstehen, als ich die dröhnende Stimme des Chefs vernahm. »Was halten Sie davon, in der Bar unten an der Ecke einen Absacker zu trinken? Nach diesem anstrengenden Tag brauchen wir ein bisschen Entspannung und wir können Mr. Miller etwas näher kennenlernen.«

Auch das noch!

Ich war hundemüde und wollte nach Hause. Ich versuchte, unauffällig aus dem Raum zu schleichen, als ich Mr. Millers Stimme hinter mir vernahm.

»Kommen Sie auch mit Frau Lehmann? Es wäre schön, Sie dabei zu haben. Dann können Sie mir Ihre Idee von vorhin ausführlicher erläutern.«

Wollte er mich quälen, oder was? Er sah doch bestimmt, wie erschöpft ich war.

Aber ich konnte selbstverständlich nicht absagen und sagte nur: »Gerne, Mr. Miller.« Trotz meines Ärgers versuchte ich, mich so höflich wie möglich zu benehmen. Die anderen waren, im Gegensatz zu mir, begeistert von dem Vorschlag. Also machten wir uns auf den Weg in die Bar.

Kapitel 2

Jn der Bar war es brechend voll und so stellten wir uns etwas verstreut an die Theke. Mr. Miller bemühte sich, mit jedem ein paar Worte zu wechseln.

Zu mir kam er selbstverständlich zum Schluss.

Der machte mich echt fertig.

Ich wollte ursprünglich nur ein kurzes Gespräch mit ihm führen und anschließend unauffällig verschwinden.

Aber er ließ ja auf sich warten.

Meine Wut stieg immer höher. Als er, nach einer gefühlten Ewigkeit, zu mir kam, hatte ich Mühe, ihm den unterdrückten Unmut nicht direkt ins Gesicht zu blaffen.

»So Frau Lehmann, jetzt habe ich Sie genug warten lassen. Ich kann mich Ihnen und Ihren Ideen nun voll und ganz widmen.«

Na endlich!

In mir brodelte es. Dennoch lächelte ich pflichtbewusst. Er fing an, mit mir über das Projekt zu diskutieren, doch nach dem langen Tag war ich zu müde, um etwas Konstruktives ins Gespräch mit einzubringen.

Mit einem Mal fragte er: »Hätten Sie Lust, mit mir zu tanzen?«

Irritiert und überrascht schaute ich ihn fragend an. »Wo möchten Sie hier bitte tanzen? Es ist alles voll.« Skeptisch zog ich die Augenbrauen in die Höhe.

Der Typ wurde immer dreister.

Er sah sich zügig im überfüllten Lokal um und lächelte siegessicher. »Dort in der Ecke ist ein wenig Platz.«

Bevor ich ihm widersprechen konnte, hatte er bereits meine Hand ergriffen und zog mich drängelnd durch die Menschenmenge. Ich wusste gar nicht, wie mir geschah. Plötzlich standen wir in einer Raumecke, wo die Bewegungsfreiheit auch erheblich begrenzt war.

»Darf ich?«, fragte er.

Die Frage war allerdings überflüssig, denn er nahm sofort meine Hände und legte sie auf seine Schultern. Danach schlang er mir die Arme um den Rücken, zog mich näher heran, schaute mir tief in die Augen und bewegte uns langsam zur Musik.

✳ ✳ ✳

Hier stand ich nun mit weit aufgerissenen Augen in Mr. Millers Umarmung und konnte mir nicht erklären, wie ich in diese knifflige Situation geraten war. Hitze durchströmte den Körper, ließ den Liebessaft in den Slip sickern. Mein Blick schweifte unruhig über die Menschenmenge.

Der heiße Tanz war doch unmöglich unentdeckt geblieben.

Da sah ich ihn. Den Chef, Herrn Schmidt.

Fröhlich winkend kam er direkt auf uns zu. Panik erfasste mich. Ruckartig löste ich die intime Umklammerung und schubste meinen Tanzpartner zur Seite. Flackernde Hitze schoss in den Kopf, ich errötete verschämt.

Hoffentlich hatte der Boss nichts bemerkt. Das wäre höchstwahrscheinlich das Karriereaus.

Hastig richtete ich den Rock, wobei das Herz kräftig in der Brust pochte. Auch Mr. Miller erkannte die drohende Gefahr, denn er schlüpfte blitzschnell und geschickt seitlich hinter mich, sodass die Beule in der Hose verdeckt war.

»Da sind Sie ja!«, dröhnte Herr Schmidt, um die lautstarke Musik zu übertönen. »Ich habe überall nach Ihnen gesucht.«

Wie erstarrt stand ich da, bekam keinen Ton heraus.

»Ja, wir dachten, dass wir uns hier ungestörter unterhalten können. Frau Lehmann hat ausgezeichnete Ideen für das laufende Projekt. Es freut mich außerordentlich, dass sie im Team mitarbeitet.«

Ich konnte sein Gesicht nicht sehen, doch ich war mir sicher, dass er unverschämt lächelte. Stattdessen spürte ich, wie er unbemerkt von hinten etwas dichter heranrückte, sodass die immer noch geschwollene Männlichkeit die Pobacken hauchzart berührte. Ich zuckte bei der Berührung unwillkürlich zusammen.

Wie konnte er nur so dreist sein.

Zu allem Überfluss bemerkte ich entsetzt, dass die Innenseiten meiner Schenkel klatschnass waren.

Ich musste raus aus dieser peinlichen Situation.

»Herr Schmidt, es ist bereits spät und ich muss jetzt wahrhaftig nach Hause fahren. Vielen Dank für die Einladung«, sagte ich hastig.

»Ach schade, dass Sie schon gehen Frau Lehmann, aber erfreulich, dass Sie ebenfalls Zeit erübrigen konnten. Soll ich Ihnen ein Taxi rufen lassen?«

»Ja danke, das wäre ausgesprochen nett«, stammelte ich unbeholfen.

Dieser Mann hatte mich doch augenscheinlich total aus der Fassung gebracht.

Unglaublich! Ich stotterte hier, wie ein verlegenes Kind.

»Ich glaube, ich muss jetzt ebenso zurück ins Hotel. Der Jetlag macht sich bemerkbar. Eventuell können wir uns ja das Taxi teilen?«, fragte er zu mir gewandt. Bevor ich etwas antworten konnte, fuhr er überschwänglich fort: »Danke nochmals, Herr Schmidt, für den freundlichen Empfang. Es war in der Tat eine ausgezeichnete Idee, in der Bar einen Absacker zu trinken.«

Dieser Unterton in der Stimme.

»Es freut mich, dass es Ihnen bei uns gefällt. Ich gehe und bestelle das Taxi für Sie und schlage vor, dass wir uns alle draußen verabschieden.« Damit entfernte sich Herr Schmidt zufrieden und eilte in Richtung Tresen.

Mr. Miller stand immer noch hinter mir, senkte den Kopf an meinen Nacken. Hauchzart küsste er eine glimmende Spur vom Hals bis zum Ohr. »Wir sehen uns vor der Bar, Süße«, flüsterte er sanft und schritt entschlossen zur Herrentoilette davon.

Ich blieb wie angewurzelt stehen, schaute ihm irritiert nach.

Erneut hatte er es getan. Mich in eine Sache verwickelt, ohne zu fragen. Jetzt war ich gezwungen, mir mit ihm ein Taxi zu teilen.

Selbst schuld, schimpfte ich innerlich.

Wie konnte er mich so um den Finger wickeln?

Doch mein zitternder Körper und die feuchte Liebesspalte gaben mir eindeutige Zeichen.

Es war klar, worauf ich tatsächlich zusteuerte. Die Frage hieß, ob der Verstand das zuließ?

Mit diesen Gedanken schlenderte ich verunsichert zum Ausgang und wartete nervös auf Mr. Miller und das Taxi.

Würde er mich auffordern, ihn auf das Hotelzimmer zu begleiten?

Das Herz polterte in meiner Brust, bei der Vorstellung.

Als er kurze Zeit später erschien, schaute ich automatisch auf den Schritt. Überraschenderweise gab es keinerlei Anzeichen von Erregung. Mir war sofort klar, wieso er gerade eben so eilig die Herrentoilette aufgesucht hatte.

Bei dem Gedanken, dass er vor ein paar Minuten höchstwahrscheinlich selbst Hand angelegt hatte, schürte die Geilheit enorm
und ich kniff überrascht die Oberschenkel aneinander. Lustpfeile
schossen in das Liebesdreieck, die Scheide zuckte mehrmals zusammen, sodass wiederum einige Tropfen des Saftes herausliefen.

Warum war ich vorhin nicht auch auf die Toilette verschwunden, um mich frisch zu machen? Jetzt hatte ich keine
Gelegenheit mehr.

Das Taxi erschien in diesem Augenblick.

Roch er den Liebessaft?

Meine Empfindungen fuhren Achterbahn. Total verunsichert
schritt ich mit Mr. Miller zum wartenden Auto. Überraschend
zuvorkommend hielt er mir galant die Tür auf, bevor er hinterher drängte. Schweigend saß ich neben ihm. Ich traute mich
nicht, ein Gespräch anzufangen, unruhig schaute ich aus dem
Fenster.

Die Fahrt zum Hotel dauerte nur zwei Minuten und ich war entschlossen, nicht mit ihm hineinzugehen. Fieberhaft grübelte ich
über eine passende Antwort, um ihn abzuwimmeln, falls er die
Frechheit besaß, diese Frage zu stellen. Doch überraschenderweise blieb er ein Gentleman.

Er sagte nur: »Danke für den wunderbaren Abend, Frau Lehmann. Ich hoffe, Sie haben ihn genauso genossen wie ich.« Kur-
zerhand nahm er meine Hand, küsste zärtlich den Handrücken,
fixierte mich amüsiert.

Der Mann wusste wahrhaftig, wie er mich aus der Fassung
bringen konnte.

Ich war erneut total verwirrt.

Zuerst seine arrogante Art und jetzt machte er auf Kavalier.

In der Zwischenzeit gab Mr. Miller dem Fahrer das Taxigeld mit einem großzügigen Trinkgeld – und bat ihn, die Dame nach Hause zu chauffieren. Lächelnd lehnte er sich nochmals zu mir herüber, gab mir einen flüchtigen Kuss auf die Lippen, flüsterte: »Sweet dreams«, stieg zügig aus und verschwand im Hotel.

Es kostete ungeheure Kraft, mich zu beherrschen. Der Körper befahl mir, auszusteigen und ihm nachzugehen. Doch der Verstand siegte. Zumindest so lange, bis das Taxi losfuhr. Da saß ich unterdessen, total aufgeheizt und fassungslos.

Was für ein Spiel spielte er mit mir?

Sollte ich mich auf ihn einlassen, wenn er es versuchte?

Aber, wenn der Chef das mitbekam?

Vielleicht wäre ich dann den Job los.

Das wollte ich auf keinen Fall riskieren.

Ich beschloss somit, jegliche Annäherungen von ihm zu ignorieren und ihm, so gut es ging, im Büro aus dem Weg zu gehen. Mit diesem Vorsatz betrat ich Minuten später meine Wohnung.

Ich ging sofort ins Bad.

Ich lechzte nach einer Abkühlung.

Nachdenklich betrachtete ich mein Spiegelbild, die Erregung war unübersehbar. Die Wangen rot glühend, ebenso die vollen Lippen, auf denen ich immer noch die kurze Berührung seines Mundes fühlte. Der Blick wanderte prüfend den Körper hinunter. Die brettharten Nippel zeichneten sich eindeutig unter dem dünnen Top ab. Der Rock verbarg die Nässe, doch ich bemerkte, wie der Saft an den Beinen hinunter sickerte.

Langsam begann ich mich auszuziehen. Ich streifte zuerst das Top über den Kopf und legte es unachtsam auf den Stuhl neben dem Waschbecken. Der naturfarbene BH darunter formte perfekt die vollen Brüste. Auch hier drückten die harten Brustwarzen deutlich durch den Stoff des BHs. Rasch ließ ich den Rock auf den Boden gleiten, öffnete den BH, zog den durchnässten Slip aus, ging zur Dusche und drehte den Wasserhahn auf. Während ich nackt auf das warme Nass wartete, betrachtete ich mich erneut aufmerksam im Spiegel.

Die Gedanken kreisten um die Geschehnisse des vergangenen Abends. Ich war noch immer heiß von dem erotischen Flirt und fing an, wie fremdgesteuert, zärtlich die Rundungen des Busens zu streicheln. Bei der Vorstellung, was Mr. Miller alles mit mir anstellen könnte, wurde ich augenblicklich geiler. Um mich abzulenken, sprang ich flink unter die Dusche und ließ das Wasser auf den aufgeheizten Körper prasseln.

Ein herrlich erfrischendes Gefühl.

Das Duschgel verströmte einen himmlischen Duft nach Rosenblättern. Genüsslich seifte ich die Brüste ein, fuhr langsam hinunter zum Bauch, zu den Beinen, zwischen die Oberschenkel. Durch die zärtlichen Berührungen stieg jedoch die Erregung. Hauchzart streichelte ich über die Scham und atmete augenblicklich heftig ein.

Grenzenlose Lust durchströmte den Unterleib. Aufstöhnend beschloss ich, mich endlich zu erlösen. Ich wusste genau, wie ich es wollte. Stürmisch hüpfte ich aus der Duschkabine, huschte ins Schlafzimmer und holte den wasserfesten Vibrator aus der Kommode. Pitschnass, wie ich war, hinterließ ich ein paar Pfützen auf dem Weg, aber das interessierte mich nicht. Flink legte ich ein Handtuch auf die Fliesen der Dusche, damit es ein bisschen bequemer wurde. Heftig atmend kniete ich darauf und wanderte zielstrebig mit einer Hand zwischen die Beine, während ich mit der anderen den Busen massierte.

Die sexuelle Erregung ließ mich nach einigen Sekunden aufstöhnen. Das herunter prasselnde Wasser traf genau den Nacken, brachte zusätzlich die Haut zum Prickeln. Die Finger ertasteten die Perle, immer wieder stieß ich kurz den Mittelfinger in den triefenden Spalt. Glühende Hitze durchströmte den Körper.

Ich wollte kommen.

Ich brauchte mehr.

Aufs Empfindlichste erregt ergriff ich den bereitliegenden Vibrator, ließ ihn genussvoll in die feuchte Grotte gleiten. Aufstöhnend fing ich an, den vibrierenden Gehilfen langsam in mir zu bewegen. Zitternd vor Begierde spürte ich, wie sich der erlösende Höhepunkt näherte. Ich schloss die Augen. Wie besessen zwirbelte ich die harten Knospen. Ich stellte mir vor, wie Mr. Miller die glühende Scham fingerte und das gigantische pralle Glied hineinstieß.

Bei dem Gedanken schrie ich laut auf. Der Orgasmus überrollte mich wie eine riesenhafte Welle.

Ich suchte mühsam an der Wand Halt. Stöhnend rang ich um jeden Atemzug. Der Körper zitterte unaufhörlich, die Scheidenmuskeln hielten krampfartig den Vibrator eng umschlossen. Erschöpft setzte ich mich auf das Handtuch, ließ genussvoll den Höhepunkt abklingen.

Erst nach einigen Minuten stand ich mit wackeligen Beinen wieder auf. Ich trocknete mich ab und schlich befriedigt ins Schlafzimmer. Hundemüde stieg ich, trotz der feuchten Haare, gleich ins einladende Bett und schlief sofort ein.

Kapitel 3

Am nächsten Morgen erwachte ich entspannt und ausgeruht, mit einem breiten Lächeln im Gesicht. Bestens gelaunt nahm ich mir vor, den gestrigen verwirrenden Tag hinter mir zu lassen, und mich stattdessen auf die Arbeit zu konzentrieren. Ich würde Mr. Miller, so gut es ging, aus dem Weg gehen und mich auch sonst einfach professionell verhalten.

Dieser Mann war es bestimmt nicht Wert, dass ich für ihn meine Karriere aufs Spiel setzte. Ein vorzüglicher Plan.

Beschwingt sah ich auf den Funkwecker auf dem Nachttisch.

Sieben Uhr. Jetzt musste ich mich beeilen.

Ab heute wollte ich eine der Ersten im Büro sein.

Eindruck erwecken.

Ich schnitt meinem Gegenüber im Badezimmer eine Grimasse und grinste unwillkürlich.

Ein richtiger Streber. Aber in diesem Business musste man Einsatz zeigen, um aufzusteigen.

Unverzüglich drehte ich mich um, rauschte ins Schlafzimmer und öffnete den Kleiderschrank. Fix wählte ich einen Rock, ein

Top, passende Pumps und huschte in den Flur. Dort zog ich mir den Blazer über, schnappte im Vorbeigehen die Handtasche von der Kommode und eilte aus der Wohnung.

Mit frischem Kaffee und einem belegten Brötchen vom Bäcker bewaffnet, schritt ich zur U-Bahn.

Der Vormittag im Büro verlief unspektakulär.

Ohne aufzublicken, arbeitete ich zügig bis zum Mittag durch. Als ich nach dem Mittagessen zurück zum Bürozimmer schritt, bemerkte ich, dass einige männliche Kollegen mich interessiert von Kopf bis Fuß musterten.

Was hatten die denn auf einmal? Ich war doch sonst nicht das Objekt ihrer Begierde.

Am Schreibtisch angekommen sah ich nochmals prüfend in die Runde. Sofort versuchten die Männer, unauffällig wegzuschauen.

Das war merkwürdig.

Mein Puls raste, mir wurde flau in der Magengegend.

Hatten sie etwa vom Verlauf am gestrigen Abend in der Bar gehört?

O Gott, bloß das nicht!

Wie sollte ich mich jetzt verhalten?

Aber vielleicht sah ich ja nur Gespenster.

Nach einigen Minuten bemerkte ich, dass Lea direkt auf die Bürotür zusteuerte.

Was wollte die denn von mir?

Lea, eine quirlige Berlinerin, die ihre zierliche Figur durch die freche »Berliner Schnauze« wettmachte. Sie nahm auch diesmal kein Blatt vor den Mund und kam gleich zur Sache. »Hallo Phil, du hast dich heute ja sexy aufgestylt.«

»Was meinst du damit?«, fragte ich überrascht und genervt zugleich.

»Na, warst du etwa blind, als du die Klamotten ausgesucht hast?«

Ähm, was meinte sie genau?

Verwirrt und verunsichert sprang ich auf und stürzte zum Spiegel. Entsetzt sah ich, was Lea meinte. Sprachlos starrte ich auf das Spiegelbild. Im Rausch der guten Laune heute Morgen hatte ich – absolut untypisch für mich – einen kurzen dunklen Rock angezogen. Dazu ein lilafarbenes Trägertop mit einem großzügigen Ausschnitt.

Der Spitzen-BH in schwarzlila formte ein bemerkenswertes Dekolleté und die hohen Pumps ließen die Beine auffallend lang wirken. Außerdem trug ich die Haare offen und war stärker als sonst geschminkt. Ich musste zugeben, dass ich ausgesprochen aufreizend aussah.

Nun verstand ich auch die Blicke der männlichen Kollegen.

Lea riss mich abrupt aus den Gedanken. »Willst du dich etwa beim Amerikaner einschmeicheln?«, sagte sie grinsend, setzte sich auf die Schreibtischkante und baumelte amüsiert mit den Beinen. Lässig schob sie eine widerspenstige, gelockte Strähne aus der Stirn, klemmte die langen Haare hinters Ohr.

»Einschmeicheln?«

»Na du weißt schon.« Sie zwinkerte mir zu, zog die Augenbrauen schmunzelnd aufwärts und ich verstand.

»Nein. Nein, will ich nicht. Ich hatte nur ... ähm ... Lust, einmal was anderes anzuziehen«, log ich schuldbewusst und nestelte verlegen am Rocksaum.

»Aha! ... Na, dann kann ich ja mein Glück versuchen. Ich arbeite ja auch mit euch am Projekt.«

Ich musterte sie verblüfft. »Du willst dich an Mr. Miller ranschmeißen?«

Lea sah mich erstaunt an. »Warum denn nicht? Hast du was dagegen?«, fragte sie provozierend.

»Nein, natürlich nicht«, konterte ich aufgebracht. »Aber wenn der Chef das mitkriegt?«

»Ach, der interessiert sich nur dafür, dass das Projekt ein Erfolg wird und der liebe Mr. Miller zufrieden ist. Wenn ich den Amerikaner nebenbei ein bisschen verwöhne, umso besser. Er ist ja wirklich zum Anbeißen.« Lea kicherte selbstsicher.

»Ja schon ...«

»Ich werde es jedenfalls versuchen«, unterbrach sie mich, drückte sich schwungvoll vom Schreibtisch ab und ging Richtung Bürotür. »Ich geh dann mal, wir sehen uns später, Phil.«

Verwirrt schaute ich ihr hinterher. Nach einem kurzen Blick in den Spiegel überlegte ich angestrengt, warum ich heute – wie selbstverständlich – ausgerechnet diese Klamotten angezogen hatte.

Wollte ich Mr. Miller etwa unbewusst doch beeindrucken, obwohl ich mir vorgenommen hatte, den Vorfall in der Bar zu vergessen?

Und obendrein noch die Aussage von Lea, dass sie sich an Mr. Miller ranmachen wollte. Überraschenderweise überkam mich ein leichtes Gefühl von Eifersucht. Energisch drehte ich dem Spiegelbild den Rücken zu.

Lächerlich.

Eifersüchtig?

Worauf denn, bitteschön?

Ich hatte nichts mit Mr. Miller, basta!

Wütend über die Gefühlsduselei beschloss ich, an meinem Plan von heute früh festzuhalten.

Das nächste Meeting mit ihm fand erst morgen statt. Für den Rest des Tages würde ich eben versuchen, mich so unauffällig wie möglich zu verhalten.

Kapitel 4

lles lief vorerst nach Plan. Der gestrige Tag im Büro war ereignislos verstrichen. Ich hatte Mr. Miller kaum zu Gesicht bekommen.

Ging er mir etwa aus dem Weg?

Bereute er das Verhalten in der Bar?

Und wenn schon.

Dann gab es wenigstens keine Komplikationen.

Heute früh hatte ich Lea aufreizend mit den Hüften wackelnd ins Konferenzzimmer stolzieren sehen. Die hatte sich ordentlich aufgedonnert, das Dekolleté ließ den Blick auf den Brustansatz frei.

Da konnte man ja kaum woanders hinschauen.

Obwohl, sie hatte eine fantastisch weibliche Ausstrahlung, das musste ich zugeben.

Trotzdem, unmöglich, sich so an den Direktor heranzuschmeißen.

War ich etwa doch eifersüchtig?

Zügig erhob ich mich vom Arbeitsplatz, schlich zur Glastür und schaute möglichst unauffällig zum Konferenzraum. Die beiden hielten sich nun bereits seit drei Stunden dort zusammen auf. Zulange, für meinen Geschmack. Außerdem war es Mittagszeit und um vierzehn Uhr hatte ich dann das Meeting mit ihm. Bei dem Gedanken kribbelte die Magengrube.

Die berühmten Schmetterlinge?

Ach was, papperlapapp.

Höchstwahrscheinlich die Aufregung vor der bevorstehenden Besprechung.

Ich hatte mich noch nicht vollkommen an die Position gewöhnt.

Marketing-Leiterin.

Das hörte sich gut an.

Mein Blick fiel auf das Spiegelbild und ich musste zugeben: Mr. Miller schien mehr Einfluss auf die Kleiderwahl zu haben, als mir lieb war. Auch heute trug ich einen kürzeren Rock, als üblich. Zwar war das Top hochgeschlossen, jedoch figurbetont, sodass der Busen sich vorteilhaft abzeichnete. Die halterlosen Netzstrümpfe wurden gerade noch vom Rocksaum überdeckt.

Seriös, mit einem Hauch von Weiblichkeit.

Mir jedenfalls gefiel der ungewohnte Look.

Ich schaute auf die Uhr des Laptops.

Zeit für das Mittagessen.

In knapp zwei Stunden traf ich Mr. Miller unter vier Augen im Konferenzraum. Die Aufregung stieg. Flink schnappte ich mir meine Handtasche und schritt schwungvoll zu den Aufzügen.

Langsam packte ich den Laptop ein, streifte die Tasche über die Schulter, ergriff die Handtasche und ging hinaus in den Gang Richtung Konferenzzimmer. Erneut bemerkte ich, wie mich die männlichen Kollegen musterten. Erstaunlicherweise gefiel es mir immer mehr, auch einmal im Mittelpunkt zu stehen.

Sollten sie doch gaffen.

Ich konnte es mir leisten, bei meiner Figur.

Mit wiegenden Hüften schritt ich an den Schreibtischen entlang und genoss den Auftritt.

Schließlich war ich die Marketing-Leiterin, die zu einem bedeutungsvollen Meeting ging.

Ich erkannte Mr. Miller von Weitem durch die Glasscheiben des Raumes und das Herz hüpfte immer kräftiger im Brustkorb, je näher ich kam.

Was für ein stattlicher Mann.

Der dunkelblaue Designeranzug stand ihm hervorragend.

Auch er musterte mich mit einem Scanner-Blick, ehe sich unsere Blicke trafen. Augenblicklich lächelte er und schritt eilig zur Tür, um sie mir galant aufzuhalten. »Frau Lehmann, es freut mich außerordentlich, dass Sie mir Ihre Zeit zur Verfügung stellen«, begrüßte er mich überschwänglich. »Nehmen Sie doch Platz.« Er deutete auf das moderne Sofa auf der anderen Seite des geräumigen Büros.

Eine gemütliche Lounge, mit Zimmerpflanzen dekoriert, lud zum entspannten Verweilen ein. Betont langsam schlenderte ich zur Sitzecke, stellte die Tasche auf den Lounge-Tisch davor ab. Unbeholfen versuchte ich, mich so geschickt wie möglich hinzusetzen, damit der kurze Rock nicht hochrutschte.

Vergeblich.

Während ich mit dem Rocksaum kämpfte, legte Mr. Miller das Jackett ab und lockerte lässig die seidige Krawatte. Verstohlen musterte ich die Muskeln, die sich deutlich unter dem rosé-farbenen Hemd abzeichneten.

Er strotzte vor Selbstbewusstsein.

Wenigen Männern stand diese Farbe, ohne unmännlich zu wirken. Der wahnsinnige Sex-Appeal entfachte in mir ein Glühen; flackernde Hitze durchwogte meine intimsten Stellen. Es fiel mir schwer, die aufwallenden Gefühle im Zaum zu halten. Unwillkürlich dachte ich an Leas Worte.

Wenn die sich an ihn ranschmeißen konnte, dann durfte ich das auch.

Im Augenblick wollte ich mich jedoch auf die Arbeit konzentrieren. Ich versuchte, den rasenden Puls herunterzufahren, indem ich mich züchtig auf dem Sofa platzierte und geschäftig den Laptop aufklappte.

Mr. Miller hatte in der Zwischenzeit Kaffee bei der Sekretärin geordert und setzte die Tassen vorsichtig auf dem Beistelltisch neben einer Schale mit Gebäck ab.

»Wie kann ich Ihnen helfen, Mr. Miller?«, sagte ich so kühl und professionell wie nur möglich.

»Es geht um die Präsentation für das Projekt. Ich wäre Ihnen sehr dankbar, wenn Sie mir bei der Ausarbeitung und Gestaltung zur Hand gehen könnten.« Schwungvoll setzte er sich in die andere Ecke des Sofas.

»Ja natürlich, gerne.« Meine Stimme zitterte unmerklich.

»Wie schön, dann lassen Sie uns gleich anfangen.«

Verzweifelt versuchte ich, mich so wenig wie möglich im Sofa zu bewegen, damit der Rock nicht noch mehr hochrutschte.

Man konnte bereits im Ansatz den Bund der Strapse sehen.

Mr. Miller ließ sich allerdings nichts anmerken. Fachmännisch diskutierten wir über das Projekt und die Zeit verging erstaunlich schnell. Ich gewann an Selbstsicherheit, denn ich war überzeugt von meinem Marketing-Konzept. Die Situation entspannte sich, irgendwie schwammen wir auf einer Wellenlänge. Die Chemie passte.

Plötzlich hauchte er, vollkommen aus dem Kontext gerissen: »Frau Lehmann, Sie schauen heute bezaubernd aus.«

Ich blickte überrascht auf, schaute ihn mit aufgerissen Augen an. Er lächelte unwiderstehlich und sofort war ich wieder im Rausch der Gefühle gefangen. Brennende Röte schoss mir ins Gesicht, das Kribbeln von vorhin wanderte erneut direkt zwischen die Beine. Ich zuckte unmerklich zusammen. Ich wollte etwas erwidern, brachte aber kein Wort heraus.

Mr. Miller war in der Zwischenzeit aufgestanden und ging langsam hinter das Sofa. Er beugte sich vor und tat so, als ob er irgendetwas auf dem Laptop las. Sein Kopf glitt so dicht an mich heran, dass mir der männliche Duft des herben Aftershaves in die Nase stieg, der warme Atem die Halsbeuge kitzelte.

Ich atmete schwerer und hatte das Gefühl, keine Luft mehr zu kriegen. Die Erregung verbreitete sich augenblicklich über den gesamten Körper und ich registrierte erschrocken, dass die Scheide feucht wurde.

Er flüsterte mir ins Ohr: »My sexy Lady.«

Mir wurde leicht schwindelig und ich schloss genüsslich die Augenlider. Mein Körper bebte, verlangte nach zärtlicher Berührung. Ich wollte die maskulinen Lippen auf dem Hals spüren und auch überall anders.

Doch er richtete sich wieder auf und ging lässig zum Schreibtisch. Überrascht öffnete ich die Augen und er sagte, während er seine Sachen zusammenpackte: »Es ist bereits siebzehn Uhr und wir werden vermutlich noch einige Stunden für die Präsentation brauchen. Was halten Sie davon, wenn wir ins Hotel gehen und dort weiterarbeiten?«

Fassungslos starrte ich ihn an. Ich wurde nicht schlau aus ihm.

War das ein doppeldeutiges Angebot?

Wir würden doch in dem Hotelzimmer bestimmt nicht arbeiten.

Sollte ich mich auf so ein Abenteuer einlassen?

Der Verstand war dagegen, das Herz jedoch wollte das Angebot dieses attraktiven Mannes annehmen. Die Entscheidung war gefallen, die Bedenken wie weggewischt, die sexuelle Sehnsucht zu kräftig.

»Ja«, hauchte ich schüchtern und wagte nicht, ihn anzuschauen. Meine Wangen glühten vor Erregung. Rasch packte ich die Sachen beisammen und stand auf.

Er hatte bereits das Jackett angezogen und die Aktentasche ergriffen. Galant hielt er mir die Bürotür auf und wir gingen gemeinsam zu den Aufzügen. Zum Glück waren die meisten Kollegen ohnehin gegangen.

Besser so.

Es musste ja nicht jeder mitbekommen, dass ich mit Mr. Miller zusammen das Büro verließ.

Am Hauseingang angekommen schlug er vor, dass wir zu Fuß zum Hotel gehen könnten.

Ich nickte zustimmend, schaute allerdings kritisch zu den Wolken hinauf. Es war schwül. Die Bewölkung hatte zugenommen und der Himmel färbte sich bedrohlich dunkel am Horizont. Der Wind frischte auf, man konnte den Regen riechen. Zügig gingen wir nebeneinander stumm die Straße entlang, als die ersten dicken Tropfen fielen. Kurze Zeit später prasselte es nur so auf uns herab.

Mr. Miller packte meine Hand und zog mich unverzüglich unter einen Dachvorsprung. Wir sahen uns an und lachten herzlich.

»Also, entweder wir warten hier, bis es aufhört oder wir wagen es und sprinten zum Hotel«, sagte er vergnügt.

Sofort zog ich kichernd die Pumps aus und erwiderte: »Na dann mal los!«

Er zwinkerte mir übermütig zu und ergriff die Laptop-Tasche, damit ich die Schuhe tragen konnte. Ausgelassen zählte ich bis drei und wir rannten los.

Kichernd und prustend wie kleine Kinder betraten wir die Hotellobby, wo uns die Anwesenden entgeistert anstarrten. Als ich die missbilligenden Blicke bemerkte, versuchte ich mich, zu beruhigen. Zügig schlüpfte ich in die Pumps und wir schritten gemeinsam zur Hotelrezeption. Die Haare klebten im Gesicht und die Kleider trieften vor Nässe.

»Ah, Mr. Miller. Da hat Sie der Regen aber ganz schön erwischt. Hier ist Ihr Schlüssel. Soll ich Ihnen noch extra Handtücher auf das Zimmer bringen lassen?«, fragte der Mann am Empfang zuvorkommend.

»Ja, danke. Die können wir gebrauchen«, erwiderte Mr. Miller höflich. Er nahm den Zimmerschlüssel entgegen und wir gingen zu den Aufzügen.

Mir war bewusst, dass der Herr an der Rezeption mich gründlich gemustert hatte. Bestimmt dachte er, dass ich eine Prostituierte war – bei der aufreizenden Kleidung.

Ach, egal.

Es ging ihn nichts an.

✳ ✳ ✳

Oben angekommen schloss er souverän die Zimmertür auf und ließ mich hinein.

Wow!

Das Zimmer übertraf meine Erwartungen.

Das war kein gewöhnliches Hotelzimmer, sondern eine Suite. Direktor müsste man sein oder die Frau eines Direktors.

Ich schmunzelte.

Das konnte ich mir gar nicht vorstellen, nur die Frau von irgendwem zu sein.

Bewundernd schaute ich mich um. Ein kurzer Gang führte ins geräumige Hauptzimmer. Dort stand eine kuschelige Sofaecke mit passendem Couchtisch aus Glas, auf dem gekühlter Champagner, Pralinen und eine Schale mit frischem Obst kunstvoll arrangiert waren. Direkt vor der Glasfront prangte ein üppiger Schreibtisch, von stilvollen Stehlampen umsäumt. Eine Anrichte, ein Fernseher und eine Minibar vervollständigten den imposanten Eindruck. Von den bodentiefen Fenstern aus hatte man einen herrlichen Weitblick über den Hafen.

Während Mr. Miller die Taschen auf dem bereitstehenden Kofferständer abstellte, sah ich mich interessiert um. Eine doppelseitige Schiebetür auf der rechten Seite vom Zimmer erweckte meine Neugier. Vorsichtig zog ich sie einen Spalt auf und erhaschte einen Blick auf ein gigantisches Kingsize-Bett.

Zögernd schlüpfte ich ins Schlafzimmer.

In diesem Augenblick öffnete sich rechtsseitig eine Zwischentür. Überrascht zuckte ich zusammen. Mr. Miller stand mit Handtüchern bewaffnet im Türrahmen. Offenbar war dort das Badezimmer mit einem zweiten Zugang vom Flur aus. Er reichte mir lächelnd eines der Handtücher, während er sich die Haare trocken rubbelte.

»Wenn Sie möchten, gebe ich Ihnen ein T-Shirt von mir, damit Sie aus der nassen Kleidung herauskommen.« Ohne meine Antwort abzuwarten, holte er aus dem Kleiderschrank das Kleidungsstück und drückte es mir auffordernd in die Hand. »Wo das Bad ist, wissen Sie ja bereits.«

Ich nickte stumm und flüchtete wortlos ins Badezimmer. Auch hier war die Ausstattung gehoben. Sämtliche Fliesen und der Doppelwaschtisch bestanden aus feinem Marmor. Eine großzügige Regendusche und ein Eck-Whirlpool rundeten das Bild ab.

Zügig schlüpfte ich aus der triefnassen Kleidung und behielt nur die dunkle Spitzenunterwäsche an. Sorgfältig drapierte ich die Sachen auf dem Handtuchheizkörper, trocknete mich ab, richtete die feuchten Haare, so gut es ging, und streifte das wollweiße T-Shirt über. Es war riesig und für mich eher ein Kleid.

Ein Glück!

So verdeckte es wenigstens den Po und die Hälfte der Oberschenkel.

Prüfend schaute ich auf mein Spiegelbild. Der Slip und der BH schimmerten durch das Shirt-Kleid. Plötzlich bekam ich Panik.

Was machte ich denn hier? Er war der Direktor des amerikanischen Konzerns und ich stand halb nackt im Bad des Hotelzimmers.

Zu meiner Überraschung stieg die Erregung von vorhin wieder in mir hoch.

Ganz ruhig, versuchte ich mir einzureden, noch ist nichts passiert.

»Ist alles in Ordnung?«, hörte ich seine fragende Stimme.

War wirklich alles in Ordnung?

Ich fegte die lästige Frage zur Seite. »Ja, ich bin gleich fertig«, rief ich selbstbewusst.

Schließlich waren wir beide erwachsen und konnten in der Beziehung tun, worauf wir Lust hatten.

Entschlossen ging ich zurück in den Schlafbereich und sah, dass auch er sich umgezogen hatte. Er trug jetzt nur noch Boxershorts und ein frisches Shirt. Ich musterte verstohlen die kräftigen Arme, die muskulösen Schultern, den durchtrainierten Oberkörper, der sich durch das Oberteil abzeichnete.

Er hatte einen fantastischen Körperbau, jedoch ohne wie ein Bodybuilder auszuschauen, – also genau, wie ich es mochte. Ich musste ihn lange angestarrt haben, denn als sich unsere Blicke nach einer Weile trafen, schmunzelte er amüsiert.

»Ich hoffe, es macht Ihnen nichts aus, dass ich mich ebenfalls umgezogen habe?«

Peinlich berührt starrte ich ins Leere.

»Ich habe uns einiges zum Abendessen bestellt«, überbrückte er galant die Situation. »Bitte, machen Sie es sich doch auf der Couch bequem, dann können wir weiterarbeiten, bis die Bestellung eintrifft.« Er deutete mit einer souveränen Geste auf die Sofaecke.

Etwas verwirrt und erleichtert packte ich hastig den Laptop aus und setzte mich.

Was für ein komischer Zustand.

Zwei spärlich bekleidete Personen in einem Hotelzimmer, die sich siezten.

Ich wurde nicht schlau aus ihm. Mir war die Lust auf die Arbeit vergangen. Eigentlich würde ich jetzt gerne über ihn herfallen, die Stimmung knisterte. Aber die kühle, distanzierte Stimme schürte die Zweifel.

Offensichtlich wollte er wahrhaftig an der Präsentation arbeiten. Irgendwie hatte ich mir doch mehr erhofft.

Enttäuschung flackerte auf.

Er setzte sich inzwischen auf das Sofa mir gegenüber und begann sofort, über das Projekt zu reden.

Ich machte mir eifrig Notizen am Computer. Nach ca. dreißig Minuten unterbrach uns der Zimmerservice und brachte die Speisen. Erstaunt musterte ich den reichhaltig gedeckten Servierwagen.

»Ich habe mir erlaubt, verschieden Sache zu bestellen, da ich nicht wusste, was Ihnen schmeckt«, brachte er entschuldigend hervor. »Nehmen Sie sich einfach, was Sie möchten. Und die Flasche Champagner hier ist für später, damit wir auf die vollbrachte Arbeit anstoßen können, wenn wir fertig sind.« Er grinste mich schelmisch an.

Auch ich musste schmunzeln. »Das ist eine wunderbare Idee«, erwiderte ich lächelnd.

Wir aßen, unterhielten uns angeregt über das Projekt und lachten ungezwungen. Es machte tatsächlich Spaß, mit ihm zusammenzuarbeiten, und die Stimmung wurde innerhalb kürzester Zeit unbeschwerter. Wir gingen beide abwechselnd im Zimmer umher, während wir weiter diskutierten, auf der Couch herumlümmelten, uns setzen oder uns zwischendurch aufs Bett ausstreckten.

Mittlerweile lag er neben mir, den Ellenbogen aufgestützt.

Plötzlich setzte er sich auf und kniete sich hinter mich.

Ich fühlte den männlichen Körper dicht am Rücken, verspürte den warmen Atem am Hals – genau wie vorhin im Büro. Ein wohliger Schauer rieselte bis zur Scham und wie auf Knopfdruck war ich wieder total geil. Ich sehnte mich nach ihm, so sehr, dass es wehtat und ich zu zittern anfing.

Er griff behutsam über meine Schulter nach vorne, schob den Laptop zur Seite und fuhr anschließend zärtlich mit den Fingern die Beine auf und ab. Mit der anderen Hand strich er mir das Haar aus dem Nacken, flüsterte sanft: »Ich will dich!«

Ich atmete heftiger und fühlte, wie die Liebeszone feucht wurde. Bebend schloss ich die Augen, neigte seufzend den Kopf rückwärts auf seine Brust.

Endlich!

Den gesamten Abend hatte ich auf die behutsamen Berührungen von ihm gewartet. Er küsste eine heiße Spur auf meine Halsbeuge. Aufstöhnend krallte ich mich im Bettlaken fest. Die streichelnden Finger wanderten währenddessen nach oben die Oberschenkel entlang.

Ich dachte, ich würde vor Erregung verrückt werden, als die Handfläche zwischen den Schenkeln ankam.

Mit Druck strich er weiter über den durchfeuchteten Slip, ertastete die angeschwollenen Schamlippen, den Venushügel.

Erneut stöhnte ich auf – dieses Mal lauter.

Die Hände verließen das Lustzentrum, streiften vorne unter das T-Shirt und fingen an, die Brüste zu massieren, während er noch immer den Hals und Nacken mit Küssen bedeckte.

»Oh, ja«, presste ich hervor. Ein betörender Duft nach Ebenhölzern stieg mir in die Nase. Am Rücken konnte ich mehr als deutlich Jaydens Erektion spüren.

Auch er atmete schwer. Zielstrebig zog er mir das Shirt über den Kopf, öffnete den BH. Ich zog die Luft ein, als müsste ich seufzen. Die Nippel ragten hart in die Höhe. Er berührte sie zuerst sanft und vorsichtig. Ein lustvoller Schauer raste durch den

Körper; ich wollte mehr. Fordernd schob ich den Oberkörper den kräftigen Händen entgegen.

Er verstand, umschloss die Brüste mit den Handflächen und knetete sie vorsichtig. Augenblicklich zuckten die Muskeln der Liebeshöhle und der Lustsaft lief heraus, als er stetig an den rosigen Knospen zog. Hitzewellen überrollten mich, mein Puls beschleunigte. Nun drückte er mich sanft in die Kissen, streifte mit einer eleganten Bewegung sein T-Shirt ab und betrachtete mich begierig. Ich streckte die Arme aus und lächelte ihn an.

»Du bist wunderschön, Philippa«, hauchte er und küsste mich leidenschaftlich. Die maskulinen Lippen waren warm und fordernd. Unsere Zungen fanden einander und spielten ihr ungebändigtes Spiel. Er ließ von mir ab, widmete sich nun den Brüsten, die er mit Mund und Händen liebkoste, massierte, an ihnen saugte.

Ich hielt die Lider geschlossen, genoss die zärtlichen Berührungen, stöhnte lauter, schob ihm das Becken entgegen. Der erste Orgasmus baute sich unaufhaltsam auf.

Sein Mund wanderte hinab, über den Bauch zum Lustdreieck. Er streifte flink den Slip runter, spreizte meine Beine auseinander. Der Liebessaft quoll unaufhörlich aus der Vulva, ich fühlte die feuchte Zunge zwischen den Schamlippen. Der heiße Atem stieß keuchend an sie und er leckte langsam von der Öffnung nach oben bis zur angeschwollenen Perle, spielte und saugte an ihr.

In mir explodierte alles. »Oh, ich halte es nicht mehr aus! Ich komme …«

Wimmernd trieb ich ihm den Unterleib entgegen.

Er hielt die Hüften mit kräftigem Griff umklammert und leckte immer heftiger.

Ich stöhnte den Höhepunkt laut heraus und der Lustsaft ergoss sich in seinen Mund. Mein Körper und die Beine zitterten unkontrolliert; ich ließ mich zurück aufs Bett sinken. Während der Orgasmus ausklang, schleckte er unbeirrt weiter, zärtlich und vorsichtig.

Als ich zur Ruhe kam, rutschte er hoch und küsste mich ungestüm. Ich schmeckte den eigenen Liebessaft und erwiderte gierig den honigsüßen Kuss. Statt erschöpft zu sein, war ich erneut – oder noch immer – geil.

Was machte er nur mit mir?

Sonst war ich nie so stürmisch.

Ich wollte seinen Körper erforschen.

Energisch drückte ich Jayden zur Seite, sodass er nun auf dem Rücken lag. Ich streichelte die leicht behaarte Brust, spielte und liebkoste die Brustwarzen. Dann wanderten meine Hände hinunter zur Boxershorts. Der Penis war bereits hart und steif und formte die Shorts zu einem Zelt.

Wie imposant der wohl tatsächlich war, wenn er sich zum jetzigen Zeitpunkt schon so prall anfühlte?

Begehren schoss wie ein heißer Pfeil in den Unterleib.

Ich wollte ihn jetzt sehen, fühlen, in mich aufnehmen.

Jayden hatte das Zögern bemerkt und schmunzelte. »Bitte nicht schüchtern sein! Befrei ihn doch von der Hose, denn ich kann es kaum noch erwarten.«

Ich lächelte ihn aufreizend an.

Das ließ ich mir nicht zweimal sagen.

Ungeduldig zerrte ich an der Unterhose und der erigierte Stab sprang mir federnd entgegen.

Was für ein Anblick.

Der pulsierende Phallus, die rosig glänzende Spitze.

Ich musste ihn anfassen.

Zittrig vor Erregung legte ich die Hand um den Schaft, berührte hauchzart mit der Zungenspitze die geschwollene Eichel, leckte zaghaft am Glied, bis ich ihn mit dem Mund aufnahm.

Zumindest, soweit es ging.

Er war so dick und stattlich.

Es dauerte nicht lange, und das Lecken und Saugen hatte den gewünschten Effekt, denn er atmete immer rascher und stöhnte dabei. Unvermittelt entzog er sich mir und zog mich leicht nach oben.

Ich legte mich neben ihn und schaute fragend in die dunkel¬braunen Augen.

Er schlang die Arme um mich und lächelte amüsiert. »Nicht so schnell, meine Süße. Wir wollen doch noch etwas weiter Spaß haben.«

Sanft berührten sich unsere Lippen, während die Hände am Rücken entlangfuhren, bis zu den Oberschenkeln und zurück. Ich streichelte ihm durch das kurze Haar, sog den frischen Shampooduft ein, kuschelte mich ganz nah an ihn. Der harte Stab drückte auffordernd gegen die Schenkel und ich antwortete, indem ich die steifen Knospen an die Männerbrust presste. Der Schoss kochte vor Verlangen, die Vulva zuckte bereits gierig.

»Ich will dich in mir spüren«, flehte ich mit bebender Stimme.

Er grinste mich an, als wenn er auf diese Worte gewartet hätte, und die Männerhand wanderte endlich wieder zum Lustzentrum. Die Fingerspitzen spalteten vorsichtig die Schamlippen; er ließ erst einen und dann noch einen Finger hinein gleiten.

Ich stöhnte auf, spreizte sehnsüchtig die zitternden Schenkel. Die blitzenden Augen hielten mich herausfordernd gefangen, während er vor mir kniete und ein Bein zielstrebig auf der Schulter ablegte. Die pulsierende Eichel stupste am Lusteingang, jedoch ohne einzudringen.

Er spielte mit mir.

Die Lust war greifbar und fuhr mir direkt in den Schoß. Ich hielt es nicht mehr aus, drückte mich dem Begehren entgegen.

Ich wollte ihn endlich in mir spüren, ihn aufnehmen.

»Bitte, nimm mich jetzt«, bettelte ich, während der Körper vor Verlangen zitterte. Ich glaubte, es nicht länger zu ertragen, bis er mich schließlich behutsam nahm und mehr forderte. Wie er wieder locker ließ, bis er mich fast verließ. Er zog das Glied bis zur Eichel hinaus, um dann erneut tiefer hineinzustoßen.

Er füllte mich völlig aus, ein irres Gefühl.

Immer schneller wurde der Liebestanz, wie im Lustrausch streichelte ich meinen Busen, zwirbelte die erhärteten Nippel. Wie auf Kommando zog sich die Vulva lustvoll zusammen, die Scheidenmuskeln verkrampften, massierten den Luststab.

Gewaltig explodierte der Orgasmus.

Ich schrie ihn laut heraus, feine Blitze flimmerten vor den Augen und ich vergaß alles um mich herum. Wie durch einen Nebel hörte ich ihn stöhnen, während das Glied immer härter zustieß, dem Höhepunkt entgegentrieb.

Dann kam er, wie ein Tier, gigantisch rief er die Ekstase hinaus.

Einige Augenblicke verharrten wir in dieser Position, bevor er langsam mein Bein von der Schulter gleiten ließ. Wir kuschelten uns dicht aneinander und ich seufzte glücklich.

»Das war der Wahnsinn«, raunte er mir zärtlich ins Ohr, bedeckte meine Halsbeuge mit warmen Küssen.

»Oh ja«, kicherte ich, während er am Ohrläppchen knabberte.

»Ich glaube, wir können jetzt die Flasche Champagner aufmachen.« Mit einem Satz schwang er sich lässig aus dem Bett und ging leichtfüßig ins angrenzende Zimmer.

Zufrieden lächelnd schmiegte ich mich in die flauschigen Daunenkissen und lauschte den Geräuschen von nebenan: das Ploppen des Korkens, Gläserklirren, das Zischen des Champagners.

Ja, ich war glücklich.

Jayden. Ein wahnsinnig charmanter Mann, begnadeter Liebhaber … und mein Vorgesetzter.

Unwirsch verbannte ich den letzten Gedanken.

Na und? Ich durfte auch mal Spaß haben. Schließlich waren wir beide erwachsen und wussten, was wir taten.

Das hoffte ich zumindest. Ein umwerfender Mann. Intelligent, erfolgreich, souverän. Und er hatte Humor. Ich konnte mit ihm lachen und der Sex ... sprach für sich.

Eine perfekte Kombination.

»Was schmunzelst du denn so vor dich hin?« Jayden war unbemerkt mit den gefüllten Gläsern ans Bett herangetreten und schaute vorwitzig auf mich herab.

Schnell rutschte ich an die Kopfseite, stopfte ein Kissen hinter den Rücken und nahm das Champagnerglas entgegen, während er sich auf die Bettkante setzte.

»Im Übrigen möchte ich dir das DU anbieten, nachdem wir gerade Sex hatten.«

Erneut musste ich lachen. »Das stimmt. Also, ich bin Philippa, Spitzname Phil.«

»Ich mag Philippa lieber, klingt sexy!«

Unsere Augen spielten miteinander, ein erotisches Knistern lag in der Luft. Behutsam stellte er die Gläser auf dem Beistelltisch ab und seine Lippen legten sich federleicht auf meinen Mund. Aufseufzend schlang ich die Arme um seinen Nacken und zog ihn leidenschaftlich in die Daunenkissen.

Ich träumte.

Ich war zusammen mit den Kollegen im Meeting-Raum des Büros. Alle saßen um den langen Konferenztisch, nur Mr. Miller, der Europa-Direktor des amerikanischen Konzerns, stand vorne am Tischende. Er schaute mir tief in die Augen, fixierte mich regelrecht. Ich stand auf und ging wie hypnotisiert auf ihn zu. Die Arbeitskollegen beobachteten die Szene gleichgültig, ohne ein Wort zu sagen.

Ich lehnte mit dem Po an der Tischkante und wartete. Mr. Miller musterte mich von oben bis unten, als ob er mich mit den intensiven Blicken ausziehen wollte.

Und mit einem Mal war ich wahrhaftig splitternackt.

Mein Vorgesetzter trat zu mir und lächelte anziehend. Er hob mich in die Höhe und setzte mich auf den Konferenztisch. Weiterhin drückte er den Oberkörper so weit nach hinten, dass ich rücklings zum Liegen kam. Seine Augen hielten mich herausfordernd gefangen.

Die Kollegen beobachteten die Szene immer noch gleichgültig, doch die Tatsache, dass ich Zuschauer hatte, erregte enorm.

Er nahm nun meine Beine, winkelte sie an und spreizte sie weit auseinander. Ich erschauerte bei der Berührung, die Haut kribbelte. Mr. Miller streichelte unbeirrt zärtlich über die Schenkel, die Bauchregion, bis zu den Brüsten.

Ich atmete stoßweise, schloss genießerisch die Lider und rekelte mich auf dem Tisch, der sich erstaunlicherweise gar nicht so hart und unbequem anfühlte. Ich fühlte die Finger auf dem Venushügel.

Er spielte mit den Schamlippen, suchte den Weg zum Lusteingang und wieder herauf zum Kitzler. Ich merkte, wie ich feucht wurde ...

Die Berührungen fühlten sich so real an.

Harte Lippen küssten meinen Mund und ich öffnete überrascht die Augen. Ich lag nackt auf dem Bett, die Beine gespreizt und Jayden über mich gebeugt. Verwirrt löste ich die Umarmung, doch er grinste nur frech.

»Hallo, Süße. Habe ich dich etwa geweckt?«

Schlagartig wurde mir klar, dass das kein Traum war, zumindest nicht alles. Ich lächelte ihn schelmisch an und streckte mich genüsslich schnurrend in den Daunendecken aus. »Das war ein wunderbares Aufwachen. Ich hoffe, das ist erst der Anfang.« Stürmisch schlang ich die Arme um ihn, zog ihn leidenschaftlich zu mir. Unsere Zungen tanzten erneut den lustvollen Reigen. Forschend strich ich über den muskulösen Rücken, massierte kurz das knackige Hinterteil.

Die ausgewachsene Männlichkeit drückte in diesem Augenblick gegen mein Lustdreieck und ich rieb mich stöhnend an ihm. Die Lustgrotte war klitschnass und fieberte dem prallen Stab entgegen.

Stoß mich doch endlich.

Als ob er die Gedanken lesen konnte, drang er schlagartig in mich ein und ich schrie auf. Gierig schlang ich die Beine um Jaydens Hüften, drängte die Scham erwartungsvoll an ihn. Er stieß langsam und bedächtig, aber ich wollte mehr.

»Bitte, nimm mich richtig ran«, presste ich mit rauchiger Stimme hervor.

»Oho, haben wir hier ein heißes Luder, das einmal heftig rangenommen werden will?«

»Jaaa, bitte!«, flehte ich, während der Puls gewaltig in meinen Ohren rauschte.

»Dann dreh dich um!«, befahl er mit herrischem Tonfall. Er zog das Glied heraus und deutete mir an, dass ich mich hinknien sollte. Hart und stürmisch drang er aufstöhnend von hinten in das Lustzentrum ein.

Überrascht über die Stärke schrie ich auf.

Doch genau so wollte ich es.

Tief und fest.

Er stieß immer heftiger und schneller.

Ich war komplett ausgefüllt von dem imposanten Phallus. In mir breitete sich die Lust wellenförmig aus. Ab und an schmerzte es etwas, aber es war ein geiler willkommener Schmerz und meine Intimmuskeln umschlossen das pulsierende Glied.

Bitte noch nicht, ich bin noch nicht so weit.

Doch ich fühlte, wie er in mir wuchs, an Stärke zunahm und sich entlud. Jayden stöhnte verhalten. Enttäuscht darüber, dass es so rasant endete, verharrte ich in der Position, schaute ihn über die Schulter hinweg fragend an.

»Keine Angst Süße, wir fangen erst an. Bleib genau so«, beruhigte er mich mit einem lüsternen Unterton in der Stimme. Augenblicke später zog er das erschlaffende Glied heraus, drückte meinen erregten Körper behutsam auf das Laken, sodass ich bäuchlings mit gespreizten Beinen zum Liegen kam.

Ich begann, vor Erregung zu zittern, wusste nicht, was als Nächstes geschah.

Unerwartet registrierte ich streichelnde Hände, die auf den Rundungen meines Gesäßes entlangfuhren. Sanft und zärtlich krochen sie die Wirbelsäule entlang bis zu den Schulterblättern, um in einem Bogen wieder abwärtszufahren, bis in die Pofalte.

Er knetete das Hinterteil so, dass sich dabei jedes Mal die Lustspalte öffnete. Behagliche Schauer rieselten den Rücken hinab, sammelten sich im kochenden Schoss. Ich sog hörbar die Luft ein, bewegte automatisch das Becken im Rhythmus der liebkosenden Handflächen.

Berühre mich doch endlich dort.

Ich bemerkte, wie ein Gemisch aus Liebessaft und Sperma aus der Lustgrotte sickerte, und stöhnte vor Geilheit auf. Als wenn er auf dieses Zeichen gewartet hätte, schob er blitzschnell eine Hand unter die Vulva und erhöhte den Druck. Wimmernd biss ich ins Daunenkissen, um die Schreie zu dämpfen, die ich zügellos hervorstieß.

Überraschend löste er die Verbindung und stieß mit zwei Fingern heftig in die Grotte vor. Mit jedem Vorstoß traf er die Libido, peitschte sie an, währenddessen das Becken im Einklang einen zuckenden Tanz vollführte. Mein Verstand hatte sich längst ausgeschaltet; ich fieberte dem Finale entgegen.

Kurz entzog er die Hand, nur um erneut mit allen Fingergliedern einzudringen, wohingegen der Daumen sanft das Poloch massierte.

Ich schrie aus voller Kehle, wie ich es noch nie beim Sex getan hatte. Ein gigantischer Orgasmus rollte heran. Der Körper bäumte sich auf, zuckte unkontrolliert, während ich weiter stöhnte.

Jayden legte sich neben mich und schlang einen Arm beruhigend um meine Taille. So lagen wir eine Weile nah aneinandergedrängt, bis wir einschliefen.

Kapitel 5

Aus der Ferne drang ein unangenehmes, aber bekanntes Geräusch an mein Ohr. Ich wollte es nicht hören und stülpte grunzend das Daunenkissen über den Kopf. Doch es klingelte unaufhörlich. Ich stöhnte genervt.

War es in der Tat schon Zeit zum Aufstehen?

Missmutig öffnete ich die schlaftrunkenen Lider und schaute direkt in ein Paar schokobraune Augen. Meine Laune stieg schlagartig an bei der Erinnerung an den gestrigen Abend. Schleunigst stellte ich den Handywecker aus und kuschelte mich zufrieden zurück in die weichen Daunen.

Jayden.

Ich hatte ihn wahrhaftig auf das Hotelzimmer begleitet und fantastischen Sex mit ihm erlebt.

Er lag auf den Ellenbogen gestützt seitlich neben mir in einen flauschigen Bademantel gehüllt und schaute lächelnd auf mich herab. »Guten Morgen, Philippa«, raunte er und küsste mich zärtlich.

Ich mochte es, wie er meinen Namen aussprach.

Dieser Akzent.

Stürmisch schlang ich die Arme um ihn und seufzte glücklich.

»Daran könnte ich mich gewöhnen«, schnurrte ich katzenhaft.

Jayden grinste amüsiert, löste die Umarmung und erhob sich.

»Was genau meinst du denn? Das Hotelzimmer, den Sex oder den exzellenten Zimmerservice?« Leichtfüßig schritt er zur Schiebetür und öffnete sie schwungvoll.

Überrascht setzte ich mich auf und starrte auf die angerichteten Köstlichkeiten. Ein Körbchen gefüllt mit Brötchen und Croissants stand neben einer Etagere mit einer Auswahl an Käse, Schinken und Lachs. Daneben Glasschälchen mit Marmelade, Honig, Butter und Margarine. Eine Karaffe voll Vitaminsaft prangte in der Mitte des Wagens, in direkter Nachbarschaft zur Thermoskanne mit dampfendem, herrlich duftendem Kaffee.

»Jayden. Was für eine gelungene Überraschung!«, rief ich entzückt. Blitzschnell schwang ich die Beine aus dem Bett und schlüpfte in den bereitliegenden Kuschelmantel. Ich sprang die paar Meter zur Tür und schob die Arme zärtlich von hinten um Jaydens Taille. Mein Blick streifte über den üppig gedeckten Frühstückswagen und ich entdeckte zwei abgedeckte Warmhalteteller. Voller Neugier schlurfte ich an den Wagen und hob den warmen Deckel an.

»Rührei mit Speck«, schwärmte ich und sog den würzigen Duft genießerisch ein.

Jayden trat lächelnd zu mir. »Da ich nicht wusste, was du magst, habe ich erneut alles bestellt, außer Sekt. Wir müssen schließlich heute noch arbeiten«, sagte er entschuldigend.

»Können wir im Bett frühstücken?«, strahlte ich.

»Natürlich, wenn du möchtest.« Vorsichtig schob er den Servierwagen neben das Kingsize-Bett und holte die Knietabletts von der Kommode im Flur. Im Handumdrehen streifte ich den Bademantel ab und schlüpfte zurück in die weichen Decken.

Was für ein Luxus, Frühstück im Bett. Daran könnte ich mich gewöhnen.

Sorgfältig platzierte ich das Tablett auf dem Schoss, während Jayden mir galant den Wärmeteller reichte. »Kaffee und ein Glas Vitamine dazu, Madame?«, fragte er mit zuvorkommender Stimme.

Ich kicherte belustigt. »Ja, bitte, den Kaffee mit einem Schuss Milch und einem Hauch von Zucker«, versuchte ich, genauso vornehm zu antworten. Augenblicke später genossen wir nackt nebeneinandergekuschelt das fantastische Mahl.

Herrlich.

Wenn man doch die Zeit anhalten könnte.

Die Gedanken fingen an zu kreisen, während ich vorsichtig am heißen Kaffeebecher nippte.

Wieso war ich eigentlich hier gelandet?

Ich hatte mir bekanntlich vorgenommen, Mr. Miller ... hm ... Jayden aus dem Weg zu gehen.

Auf keinen Fall wollte ich mit einer Affäre den heißgeliebten Job und somit die Karriere, gefährden.

Doch ich bereute nichts, denn letzte Nacht hatte ich den besten Sex in meinem bisherigen Leben.

Mit knurrendem Magen schaufelte ich eine enorme Portion Rührei auf die Gabel, während Jayden mittels Fernbedienung den Fernseher einschaltete und ungezielt durch die Programme zappte. Anschließend schmierte er einen großen Klacks Butter auf das Croissant, biss herzhaft hinein und zwinkerte mir zu. Ich grinste zurück.

Ich liebte Frühstück im Bett, aber zu Hause alleine machte es keinen Spaß. Jayden hatte mindestens genauso viel Genuss daran, wie ich. Er schien genau zu wissen, was ich mochte, was ich brauchte – auch in Sachen Sex – als ob er Gedanken lesen konnte.

Doch warum war er zu Beginn unseres ersten Zusammentreffens so arrogant, von oben herab, gewesen?

Gehörte das zu seiner Masche, Frauen herumzukriegen?

Auf jeden Fall hatte es irgendwie funktioniert.

»Über was sinnierst du nach, Süße?«, fragte er und riss mich damit aus den Grübeleien.

»Ich habe mich nur gefragt, wie ich hier gelandet bin …«

Er grinste amüsiert: »Nun ja, ich denke mal, wir haben es beide so gewollt.«

»Aber du warst ja vorgestern nicht sonderlich nett zu mir.«

Jayden sah mich verwundert an, räumte zügig die Frühstückstabletts zur Seite und musterte mein Gesicht eindringlich. »Worauf spielst du denn genau an?«

Nervös fummelte ich an der Daunenbettdecke herum. Es war mir unangenehm darüber zu sprechen. Zumal nach dieser fantastischen Nacht. Nichtsdestotrotz musste ich es loswerden. Unsicher suchte ich Blickkontakt, atmete heftig durch. »Na, ich denke, erst blamierst du mich fast im Meeting mit dem Chef und anschließend vermasselst du mir den Feierabend. In der Bar konnte ich dann zusätzlich noch eine Stunde auf dich warten, bis du endlich Zeit hattest, obwohl ich längst todmüde war.«

Jetzt war es heraus.

Wie reagierte er wohl auf die Anschuldigungen?

Zu meiner Überraschung erwiderte er nichts, sondern schaute mich nur verblüfft aus tiefbraunen Augen an. Auf irgendeine Weise fand ich das unangenehmer, als wenn er lauthals protestiert hätte. Wut stieg in mir auf.

Wieso äußerte er sich nicht? Machte er sich im Stillen über mich lustig?

Philippa, das unbedeutende Bürohäschen? Genau das hatte ich befürchtet.

»Jetzt spiel hier nicht den Unschuldigen.« Ich ging zum Angriff über und schaute ihn herausfordernd an.

Überraschenderweise ergriff er zärtlich die Hand, musterte liebevoll mein Gesicht. »Nun, also ich hatte nicht die Absicht, dich zu ärgern.«

Noch war ich nicht überzeugt. »Ach, ja …?«, antwortete ich überspitzt.

»Ja, im Meeting wollte ich nur, dass du offenherzig deine Meinung sagen kannst. Ich hatte vom Chef gehört, dass du erst seit Kurzem die Position der Marketing-Leiterin hattest. Es wäre eine Verschwendung gewesen, die hervorragenden Ideen zu ignorieren.«

Ich riss die Augen auf und starrte ihn überrascht an, während er warmherzig lächelte.

»Das mit dem späten Meeting-Termin war unumgänglich und in der Bar wollte ich dich nur besser kennenlernen.«

»Warum hast du mich dann so lange warten lassen?«, grummelte ich zurück.

Jayden strich zärtlich über meine Wange. »Ich wollte erst mit allen anderen sprechen, damit ich mich danach voll und ganz auf dich konzentrieren konnte. Als ich merkte, dass du nicht konkret am Plaudern interessiert warst, dachte ich mir, ein Tänzchen würde die Stimmung auflockern.«

»Aha, tanzen nennst du das?«, fragte ich mit einem leichten Grinsen um die Mundwinkel und hochgezogenen Augenbrauen.

Er setzte erneut das freche und doch charmante Lächeln auf. »Ja, ich wollte nur tanzen, aber du hast dich mir ja gleich an den Hals geschmissen.«

Ich prustete belustigt. »Ich habe, was? Na, wer hat denn an meinem Rock rumgefummelt und musste dann anschließend zur Toilette rennen, um sich Erleichterung zu verschaffen?«, stieß ich lachend hervor.

Der Punkt ging an mich, dachte ich zufrieden.

Er lächelte anerkennend und konterte amüsiert: »Wäre es dir etwa angenehmer gewesen, wenn ich dich gleich ins Hotelzimmer abgeschleppt hätte? So, wie du im Taxi rumgezappelt hast, nach meinem Kuss ...«

Ich schnaufte gespielt entrüstet auf.

Okay, eins zu eins.

Es stimmte ja, dass ich ihm fast ins Hotel nachgelaufen wäre.

Er hatte mich wirklich gut um den Finger gewickelt.

Langsam drehte ich mich zu ihm und streichelte versonnen über das herrliche Sixpack. »Na gut«, lenkte ich ein. »Sagen wir, wir sind quitt.«

Lächelnd rutschte ich höher und küsste ihn hingebungsvoll. Er drückte mich fest an sich, rollte zur Seite, sodass er nun über mir lag. »Okay, Sweety, wir sind uns letzten Endes einig, dass du mich verführt hast«, flüsterte er mit einem Augenzwinkern.

Ich protestierte empört. »Hey! Wer hat hier wen verführt?« Ich wollte ihn wegschieben, doch das Gewicht des muskelbepackten Körpers drückte mich massiv in die Kissen zurück.

»Deine Augen blitzen so herrlich, wenn du wütend bist.« Er grinste frech und sein Blick durchbohrte mich regelrecht. Er senkte unmerklich den Kopf, bis sich unsere Münder berührten.

Mit dem muskulösen Mann auf mir: Keine Chance zur Abwehr und im Grunde genommen wollte ich ja genau das. Genüsslich schloss ich die Lider, während die Lippen das reizvolle Spiel begannen. Lustvolle Schauer durchzogen die Intimzonen, Feuchtigkeit überflutete erneut die Schamlippen. Drängend schmiegte ich mich an ihn, doch überraschenderweise löste er die Umarmung.

»So gern ich jetzt weitermachen würde, aber ich glaube, wir müssen augenblicklich aufstehen.«

Verwirrt schaute ich in sein Gesicht.

Er wollte aufhören?

Ich war schließlich so erregt.

»Wie ... Warum?«, stotterte ich unwirsch.

»Es ist beinahe sieben Uhr, Süße!«

Panisch saß ich kerzengerade im Bett. »Wie bitte, schon so spät?«

Ich wollte spätestens um 8 Uhr im Büro sein.

Frustriert schwang ich die Beine über die Bettkante. Ich hatte rundherum keine Lust auf Büroalltag.

Ich wollte Sex.

Sex mit Jayden.

»Ich muss auch noch nach Hause und mich umziehen«, jammerte ich unglücklich.

»Also, von mir aus kannst du gerne wieder den scharfen Rock von gestern anziehen«, raunte Jayden.

»Sei nicht albern«, schnaufte ich entrüstet. »Wenn ich in der gleichen Kleidung erscheine, merken doch alle, dass etwas nicht stimmt.« Zügig eilte ich ins Badezimmer. »Darf ich die Dusche benutzen?«, rief ich durch die geöffnete Tür.

»Natürlich. Soll ich dir ein Taxi rufen lassen?«

»Ja, das wäre nett, danke.« Ich griff hastig nach dem Badehandtuch, hängte es neben die Duschtür und trat in die Duschkabine.

Schade dachte ich, während das erfrischende Wasser auf meine Schultern prasselte.

Ich wäre zu gerne mit ihm im Bett geblieben.

Dass ausgerechnet mir das passierte, eine Affäre mit dem Chef, wo ich doch immer zielstrebig und auf die Karriere bedacht war.

Als ich mich umdrehte, bemerkte ich, dass die Badezimmertür einen Spalt offen stand.

Auch egal.

Das hatte er jetzt davon.

Sollte er ruhig sehen, was er verpasste.

Angestrengt lauschte ich den Geräuschen aus dem Nachbarzimmer. Jayden telefonierte. Ich hörte, wie er das Taxi bestellte, anschließend wurde es mucksmäuschenstill. Ich vermutete, dass er die leicht geöffnete Badezimmertür entdeckt hatte.

Mit dem Wissen, dass die Blicke über meinen Körper streiften, verteilte ich die Seife mit langsamen, streichelnden Bewegungen. Ich ließ die Hände am Hals runtergleiten, umspielte bedächtig die Brüste. Die Handflächen wanderten hinunter zum Bauch, bis zum Lustdreieck. Ich begann, die Perle zwischen den Fingern zu massieren, und stellte mich so in die Dusche, dass man die Show von draußen beobachten konnte.

Obwohl ich im Grunde genommen nur ihn antörnen wollte, durchfuhr eine Hitzewelle meinen Körper. Rasch beugte ich mich vorwärts, um die Beine einzuseifen, wobei ich ihm das Hinterteil aufreizend entgegenstreckte. Ich verharrte ein bisschen in dieser Position, ehe ich mich langsam aufrichtete. Da hörte ich mit einem Mal, wie hinter mir die Badezimmertür aufgeschoben wurde.

Jayden.

Der Plan ging auf.

Er kam hinein und öffnete die gläserne Duschkabinentür. Bevor ich irgendetwas sagen konnte, stand er längst in der Dusche und drückte mich an die Wandfliesen. Sein Blick brannte vor Begehren und Leidenschaft, er atmete heftig und ich bemerkte, wie die beeindruckende Manneskraft gegen das Becken stieß.

»Du zauberhaftes Luder, kannst nicht genug bekommen.« Hastig schob er einen Arm um mein Bein, winkelte es an und drang mit einem Stoß keuchend in mich ein.

Ich schrie auf vor Lust und Verlangen, schlang stöhnend die Arme um ihn. Er rammte den glühenden Luststab immer und immer wieder hinein. Ich drückte ihm begierig den Schoß entgegen, um ihn noch intensiver zu spüren. Das herunterprasselnde Wasser, die Klatschgeräusche versetzten mich zusätzlich in Ekstase. Der Orgasmus rollte wie eine Erlösung über mich hinweg und auch Jayden ergab sich dem Höhepunkt.

Nach Atem ringend lehnten wir eng umschlungen an der Duschwand. Ich lächelte ihn verstohlen an. »Jetzt habe ich dich wahrhaftig verführt ...«

»My sexy Lady«, hauchte er zurück, nahm mein Gesicht in die Hände und küsste mich ein letztes Mal, bevor wir uns endlich fertigmachten und gemeinsam das Hotelzimmer verließen.

Kapitel 6

Es war bereits kurz vor acht, als das Taxi vor meiner Wohnung hielt. Ich wies den Taxifahrer an, ein paar Minuten auf mich zu warten, und huschte eilig nach oben. Hastig zog ich mich um und flitzte zurück zum Taxifahrer. Atemlos schlüpfte ich ins Auto, schloss für einen Moment die Augen, um ein klein wenig zur Ruhe zu kommen.

Ich schwitzte von der Hetzerei und richtete die Lüftungsschlitze des Gebläses direkt aufs Gesicht. Wohltuende Kühle blies mir entgegen. Es würde erneut ein heißer, schwüler Sommertag werden. Als ich mich etwas von der Anstrengung erholt hatte, klappte ich den Kosmetikspiegel herunter und vervollständigte das Make-up mit einem Hauch von Puder und roséfarbenen Lipgloss.

Die Haare hatte ich geschickt zu einem luftigen Dutt aufgesteckt, was ich bei der bevorstehenden Tageshitze am angenehmsten fand. Ich hatte mich heute allerdings für dezentere Kleidung entschieden, die trotz allem die Figur vorteilhaft betonte.

Zudem harmonierte das Cremeblau des Etuikleides hervorragend mit der Farbe der Augen. Als ich den Spiegel zufrieden hochklappte, hielt das Taxi vor dem Bürogebäude. Ich atmete erleichtert auf und gab dem Taxifahrer ein üppiges Trinkgeld.

Kurz nach acht, ich hatte es nahezu pünktlich geschafft.

Gut gelaunt schloss ich wenig später die Tür zum Büro hinter mir und setzte mich schwungvoll und motiviert an den Schreibtisch. Doch ich war unkonzentriert und auf die eine oder andere Weise zerstreut. Traumversunken starrte ich auf den Bildschirm des Laptops, ohne etwas wahrzunehmen.

Wo steckte Jayden?

Bisher hatte er das Bürogebäude offenbar noch nicht betreten.

Nervös rutschte ich auf dem Bürostuhl hin und her, fixierte jedes Mal die Fahrstuhltür, wenn sie sich öffnete. In diesem Moment, wo ich bei der Arbeit im Büro saß, kam mir die letzte Nacht und heute Morgen wie ein Märchen vor. Allerdings: Das Kribbeln im Intimbereich und die Rastlosigkeit zeigten mir, dass ich nicht geträumt hatte.

Das war alles wahrhaftig passiert.

Doch ich stellte mir die beunruhigende Frage: Interessierte sich der fantastisch aussehende Mr. Miller in Wirklichkeit für mich oder war ich nur ein One-Night-Stand für ihn?

Und was wollte ich?

Ehrlich gesagt, ich hatte keine Ahnung, was ich für ihn empfand. Ich mochte das männliche, selbstsichere Auftreten, den souveränen Charme, die galante, zuvorkommende Art.

Ein echter Gentleman.

Unabhängig davon hatte er eine enorme sexuelle Ausstrahlung.

Einfach magisch.

Wenn ich ihn anschaute oder an ihn dachte, erfüllte mich ein unbändiges Verlangen nach Sex. Das war mir noch nie passiert. Dieser Mann stellte mein Gefühlsleben gehörig auf den Kopf. Energisch versuchte ich, die Gedanken auf die Arbeit zu lenken.

Für heute Nachmittag war erneut ein Meeting angesetzt. Spätestens dort würde ich Jayden ein weiteres Mal begegnen.

Wie sollte ich mich dann verhalten?

Ich seufzte ratlos und hoffte, dass ich die Situation meistern konnte.

Die Stunden gingen nur schleppend vorbei, und obwohl ich fieberhaft nach Jayden Ausschau hielt, hatte ich ihn immer noch nicht gesehen. In der Mittagspause schlenderte Lea zu mir herüber. Ich grummelte ungehalten.

Die hatte mir gerade noch gefehlt.

»Hi Phil! Na, bist'e bereit für die Besprechung? Ich hab mich gestern den gesamten Tag vorbereitet, damit ich Mr. Sexy beeindrucken kann.«

Ich versuchte krampfhaft, die Anspielung zu ignorieren, und fragte betont höflich: »Weißt du, wo er ist?«

»Ich glaube, der ist mit dem Chef irgendwo beim Essen. Die sind bestimmt erst wieder zum Meeting zurück.«

»Hm«, murmelte ich geistesabwesend. Ich war enttäuscht, dass ich Jayden erst bei dem Meeting sehen würde und vor allem nicht ungestört, sondern mit all den anderen Team¬Mitgliedern.

Aber was hatte ich denn auch erwartet, dass er sich auf mich stürzen würde?

Lächerlich.

Es sollte ja keiner von unserem heimlichen Treffen erfahren.

Lea lehnte lässig am Schreibtisch und sah mich forschend an. »Sag mal, was ist denn los mit dir? Vermisst du Mr. Sexy etwa? Hast du dich in ihn verguckt oder wie?«

Ich erschrak und bemerkte entsetzt, wie mir das Blut in den Kopf stieg.

Hoffentlich wurde ich nicht rot.

Obwohl Lea ins Schwarze getroffen hatte, stritt ich selbstverständlich alles ab.

»Aha. Wenn das so ist. Also, ich habe einen hervorragenden Plan, wie ich ihn abschleppen kann«, tönte sie.

Völlig perplex riss ich die Augen auf und starrte sie misstrauisch an.

Was hatte Lea vor?

Mir wurde mulmig in der Magengegend, obgleich ich insgeheim hoffte, dass Jayden sie abblitzen lassen würde.

Lea sah verdammt gut aus.

Ich musterte sie verstohlen. Mit den vollen Lippen, den hellgrünen Katzenaugen und der dunkelbraunen Lockenmähne hatte sie garantiert ein leichtes Spiel bei den Männern. Dazu kamen der zierliche Körper und die kleinen, festen Brüste. Die grazilen Beine betonte sie ständig mit einer eng anliegenden Hose oder einem knappen Rock.

Ohne mir mehr zu verraten, verließ sie mit lasziven Hüftschwüngen das Büro, schaute kurz über die Schulter zurück und grinste mich mit blitzenden Augen an.

Es wurde Nachmittag und der Termin des Meetings rückte unweigerlich heran. In den letzten zwei Stunden hatte ich mich gewissenhaft vorbereitet und auch die Präsentation, die Jayden und ich gestern Abend ausgearbeitet hatten, konnte ich so gut wie auswendig herunterbeten. Zwischendurch schweiften die Gedanken immer wieder ins Hotelzimmer zurück und mir wurde heiß; doch ich versuchte energisch, die aufwallenden Gefühle zu unterdrücken.

Vierzehn Uhr.

Endlich.

Eilends griff ich die längst bereitliegenden Unterlagen vom Schreibtisch und schritt mit den weiteren Kollegen beherzt zum Konferenzraum. Zu meinem Erstaunen war der Chef und auch Jayden noch abwesend. Ich bemerkte, dass sich die Arbeitskollegen über das Fehlen der Vorgesetzten wunderten. Herr Schmidt legte doch so viel Wert auf Pünktlichkeit. Zögernd verteilten wir uns um den Konferenztisch und setzten uns irritiert hin. Während die anderen verhalten tuschelten, rutschte ich zunehmend nervös auf dem Stuhl hin und her.

Hatte Jayden dem Chef vielleicht das Geheimnis gebeichtet?

War er deshalb sogar frühzeitig abgereist?

Bei der Vorstellung pochte mein Herz heftig in der Brust.

Nein, das konnte nicht sein.

Und wenn Herr Schmidt doch von der Sache erfahren hatte und mich jetzt fristlos kündigen wollte?

Angst stieg in mir hoch, die Hände schwitzten zunehmend. Das Warten und die Ungewissheit waren unerträglich. In dem Moment öffnete sich die Fahrstuhltür und die Vorgesetzten traten zu meiner Erleichterung heraus. Beide unterhielten sich angeregt und lachten. Es gab unverkennbar keine Anzeichen dafür, dass Herr Schmidt etwas von dem erotischen Abenteuer mitbekommen hatte. Beschwingt betraten sie den Meeting-Raum. Mein Herz hüpfte vor Aufregung, Jayden wiederzusehen. Doch er schaute nur freundlich lächelnd in die Runde.

Hatte er mich etwa längst abserviert, sodass er den Blickkontakt mied?

Irgendwie war ich enttäuscht.

Die Präsentation begann, doch ich war unkonzentriert und abgelenkt. Stattdessen dachte ich an den heißen Sex mit dem Mann, der in einem perfekt geschnittenen Anzug vorne am Pult stand und über Marketing fachsimpelte. Die Gedanken schweiften immer wieder ab und ich verfiel in Tagträumereien. Das Meeting langweilte mich angesichts der Tatsache, dass ich lieber private Stunden im Hotel mit Jayden verbringen wollte. Allerdings fiel mir auf, dass sich Lea unübersehbar oft in den Vordergrund drängte und dem Direktor eindeutig hübsche Blicke zuwarf. Ich schnaufte verächtlich.

Wie unprofessionell.

Darauf würde er nicht reinfallen.

Endlich war das Meeting zu Ende. Es hatte zwar nur eine Stunde gedauert, doch für mich hatte es sich wie eine Ewigkeit angefühlt. Ich wollte nur noch raus, bevor ich die Kontrolle über die aufwallenden Gefühle verlor. Ich stand gerade in der Tür des Konferenzraumes, als Herr Schmidt mir ein Handzeichen gab. Unsicher schritt ich auf den Vorgesetzten zu, während die Teamkollegen das Büro verließen.

»Ah, Frau Lehmann! Mr. Miller hat mir berichtet, dass Sie ihm bei der Ausarbeitung der Darstellung ausgesprochen behilflich waren.«

Oh nein, dachte ich entsetzt, jetzt ist es raus.

»Ja ... ich ... ähm«, stotterte ich unbehaglich.

Jayden grinste nur amüsiert.

»Ich möchte, dass Sie mir, zusammen mit Mr. Miller, die Präsentation wiedergeben, damit ich sehen kann, wie weit Sie gekommen sind.«

Ich lächelte erleichtert. »Ja selbstverständlich, gerne Herr Schmidt.«

Zügig verkabelte ich den Laptop mit dem Beamer und einige Augenblicke später startete die Vorstellung. Der Chef hatte mittlerweile am entgegengesetzten Ende des Konferenztisches Platz genommen und schaute konzentriert auf die Leinwand, während Jayden souverän das Projekt vorstellte. Er stand so dicht neben mir, dass mir erneut der herbe Duft des Aftershaves in die Nase stieg. Das reichte vollkommen aus, um mich nervös und hibbelig zu machen.

Die Erinnerungen an heute Morgen flammten auf und ich fühlte einmal mehr – oder immer noch – die Schmetterlinge im Bauch. Wohlige Schauer durchfuhren den gesamten Körper und sammelten sich direkt zwischen den Beinen. Die Gier, die in mir aufkam, war schwerlich zu ertragen. Zum Glück beherrschte ich die Präsentation auswendig, denn zwischendurch kreisten die Gedanken ausnahmslos um das erotische Abenteuer mit Jayden.

Die Vorstellung endete ohne Zwischenfälle, und während sich Jayden und Herr Schmidt angeregt unterhielten, baute ich zügig die Technik ab. Als ich wartend vor meinem Laptop stand, kam mir eine gewagte Idee.

Sollte ich wirklich?

Entschlossen streifte ich die Bedenken zur Seite und schrieb ein paar Zeilen auf dem PC. »Mr. Miller!«, rief ich formgewandt. »Könnten Sie bitte noch mal schauen, ich habe hier einen minimalen Fehler entdeckt.«

Jayden sah überrascht und irritiert auf.

»Worum geht es denn?«, antwortete er ebenso geschäftsmäßig.

Komm schon her, dachte ich ungeduldig und winkte ihn auffordernd heran, mit einem unverbindlichen Lächeln auf den Lippen.

»Okay, ich bin gleich bei Ihnen, Frau Lehmann.«

»Na, dann lasse ich Sie mal weiterarbeiten.« Der Chef klopfte dem Direktor wohlwollend auf die Schulter, verabschiedete sich zügig und nickte mir anerkennend zu.

Jayden schlenderte gewohnt lässig herüber, stellt sich hinter mich und überflog die Nachricht. Dicht an meinem Ohr vernahm ich triumphierend, wie er geräuschvoll die Luft einatmete.

Das war genau die Reaktion, die ich beabsichtigt hatte.

Ich konnte mir ein belustigtes Lächeln nicht verkneifen.

Das geschah ihm ganz recht. Mich einfach zu ignorieren.

Die Zeilen auf dem Bildschirm lauteten: »Ich begehre dich und will dich jetzt. Ich möchte dich in mir fühlen, so wie heute Morgen.«

»Frau Lehmann. Ich bin mir sicher, dass das kein Fehler ist, dennoch sollten wir die Korrektur auf später verschieben«, sagte er schmunzelnd.

»Aber ich glaube, diese Sache muss sofort behoben werden, Mr. Miller«, forderte ich energisch.

Jayden war mittlerweile an die Fensterfront getreten und drehte mir den Rücken zu.

War das ein Schritt zu viel gewesen?

Hatte ich mir das Knistern in der Luft nur eingebildet?

Sollte das Erlebte ein Ausrutscher von ihm gewesen sein?

Vielleicht war er sogar verheiratet, obwohl er keinen Ring trug, schoss es mir blitzartig durch den Kopf. Beklommen wartete ich auf eine Reaktion von ihm.

Nach einem kurzen Schweigen sagte er höflich, ohne sich umzudrehen: »Warum machen Sie sich nicht auf der Toilette etwas frisch und dann sehen wir weiter.«

Ich wusste genau, weshalb er immer noch mit dem Rücken zu mir stand, und verstand selbstverständlich die Andeutung.

Mein Puls raste auf einmal und ich packte zügig die Präsentationssachen zusammen. Zum Schluss ergriff ich, als Vorwand, ein Blatt Papier und trat zu ihm. Lächelnd überreichte ich den unbeschriebenen Zettel und flüsterte ihm sinnlich zu: »Komm in fünf Minuten nach.« Ein flinker Blick auf die Beule in der Hose bestätigte den Verdacht und ich verließ aufgeregt den Konferenzraum.

※ ※ ※

Unverzüglich ging ich, so unauffällig wie möglich, den Gang entlang zu meinem Bürozimmer. Ich hatte das Gefühl, jeder im Raum müsste mir die Geilheit an der Nasenspitze ansehen, doch alle waren stillschweigend in ihre Arbeit vertieft. Aufatmend lud ich die Sachen auf dem Schreibtisch ab und begab mich auf den

Weg zu den Damentoiletten, die etwas abgelegen von den Büro-räumen lagen. Flink schlüpfte ich hinein, schloss die Toilettentür und lehnte nervös an der Innenseite der Tür.

Würde er mir folgen?

Hatte ich gleich Sex mit dem Direktor, hier in der Firmentoilette?

Mein Herz pochte ungestüm und Panik rollte heran.

Wenn uns jemand erwischte?

Aber gerade der Gedanke des Verbotenen ließ wohlige Lust-schauer über den Körper rieseln. Schnell sprang ich zu den Kabinentüren, späte in jede Kabine.

Niemand da.

Ich betrachtete mich im Spiegel und wurde von blitzenden, weit aufgerissenen Augen angestarrt. Unwillkürlich lachte ich auf. Das Spiegelbild erinnerte mich an eine Verbrecherin auf der Flucht.

Wo war ich da nur hineingeraten?

Ausgerechnet ich?

Ich erkannte mich selbst nicht wieder.

Was für Abgründe in mir schlummerten.

Irgendwie gefiel mir das sogar.

Ein dezentes Klopfen riss mich aus den Tagträumen. »Frau Lehmann?«, hörte ich von draußen die gedämpfte Männerstimme.

Er war da.

Der Puls galoppierte wie ein halbwüchsiges Fohlen und die Aufregung schnürte meinen Magen unangenehm zusammen. Vorsichtig öffnete ich die Tür einen Spalt, ergriff Jaydens Hand, zog ihn in die Damentoilette und schloss flink die Tür hinter uns. Ich konnte mich kaum von seinen Schoko-Augen lösen. Das Verlangen, das sie ausstrahlten, wandelte die Nervosität in pure Begierde.

Lässig hängte er das Jackett an den Wandhaken, wodurch die Beule in der Hose sichtbar wurde.

»So etwas sollten Sie wirklich lassen, Frau Lehmann.« Er bemühte sich hörbar um einen resoluten Ton in der Stimme.

Er wollte spielen und ich würde kein Spielverderber sein.

»Was meinen Sie denn konkret, Mr. Miller?«, antwortete ich mit unschuldigem Augenaufschlag. Die Atmung wurde schneller und ich fühlte längst die Feuchtigkeit zwischen den Beinen. Er stand dicht vor mir, ohne mich dabei zu berühren. Jeder Blick von ihm löste eine Etage tiefer gleich pulsierende Erregung aus.

Schon wieder das betörende Aftershave.

»Sie dürfen nicht mit dem Vorgesetzten spielen ...«, raunte er mit belegter Stimme.

»Was passiert, wenn ich es doch tue?«, hauchte ich zuckersüß zurück. Mir wurde fast schwindelig vor Verlangen.

»Dann müssen Sie die Konsequenzen tragen.« Mit diesen Worten packte er mich überraschend um die Hüften und presste die heißen Lippen auf meine. Der Kuss war voller Gier und Leidenschaft, unsere Zungen spielten glühend miteinander. Drängend schob er mich in eine der Kabinen und schloss scheppernd die Tür mit dem Fuß.

Forschende Hände glitten unter die Bluse, massierten zärtlich die Brüste und Knospen, ließen mich erschauern.

Ungeduldig fummelte ich an dem Gürtel und öffnete die Anzughose. Während sie ihm bis an die Knie hinunterrutschte, zog ich gierig an dem Slip. Die Erektion schnellte empor und ich ging in die Hocke, leckte, saugte, bis ich den Luststab vollständig mit den Lippen umschloss.

Er stöhnte unmerklich auf, trotzdem unterbrach er das lustvolle Spiel nach kurzer Zeit. Sanft half er mir hoch, drehte mich um und schob den Kleidersaum aufwärts. Meine Vulva zog sich vor Verlangen zusammen. Erwartungsvoll streckte ich ihm das Hinterteil entgegen, lockte mit wiegenden Hüften. Mit einer Hand rückte er geschickt den Tanga zur Seite, während die Finger der anderen ohne Vorwarnung in mich eindrangen.

Überrascht seufzte ich auf.

Zügig beugte er sich nach vorne, massierte die erregten Knospen und flüsterte mir ins Ohr: »Ssscht, wir wollen doch keine Zuschauer anlocken.«

Seine Worte trieben Feuerfunken über die Haut, schienen sie zu verbrennen. Ich fühlte die Härte des Luststabes am Po, währenddessen er langsam die Rundungen entlang streichelte. Liebessaft tropfte aus dem Schoss, sickerte die Innenseite der Oberschenkel hinunter. Ohne jeden Übergang fasste er den Slip, riss ihn auseinander und ich merkte, wie sich der pralle Stab an der Nässe labte. Sekunden später drang er mit einem heftigen Stoß in mich ein.

Dem hatte ich entgegengefiebert.

Genau das brauchte ich jetzt.

Alles wurde heiß und ich schloss die Lider. Die leidenschaftlichen Bewegungen peitschten mich an und ich versuchte krampfhaft, die angestaute Energie nicht lauthals herauszuschreien. Die Tatsache, dass jeden Moment jemand in die Damentoilette kommen könnte, machte die außergewöhnliche Situation nur noch geiler. Unaufhaltsam steuerte ich auf den Höhepunkt zu. Sein Keuchen verriet mir, dass auch er so weit war.

Da ließ ich es geschehen.

Der Orgasmus kam gewaltig, überrollte mich regelrecht. Ich wimmerte unterdrückt, während ich an den Toilettenwänden keuchend Halt suchte.

In Zeitlupentempo glitt Jaydens erschlaffende Männlichkeit aus der Lustgrotte. Grinsend tupfte er mit Toilettenpapier alles trocken und richtete die Anzughose.

Bei mir gestaltete sich das Herrichten schwieriger. Ich versuchte, mich so gut es ging zu säubern, aber die Liebessäfte flossen unaufhörlich und, ohne den Slip, gleichfalls direkt die Schenkel hinunter. Ich putzte und wischte, doch es half nichts.

»Frau Lehmann, ich glaube, Sie müssen heute früher Feierabend machen ...«, kommentierte er das Dilemma mit einem frechen Grinsen.

»Hervorragende Idee«, tönte ich ungehalten und zog genervt die Augenbrauen herauf. »Ich kann nicht einfach so gehen.«

Liebevoll strich er mir eine gelöste Strähne aus dem Gesicht. »Beruhige dich, Süße. Ich werde Herrn Schmidt mitteilen, dass ich dich nach Hause geschickte habe, damit du in Ruhe einige Verbesserungen an der Präsentation vornehmen kannst.«

Unsicher schaute ich ihn an. »Das könnte ich aber auch hier ...«

Jayden unterbrach mein Gejammer mit fürsorglichem Tonfall. »Überlass das mir, ich regel das. Und das mit dem Slip tut mir leid. Ich besorge dir einen Neuen.«

Ich lächelte ihn dankbar an.

Er umarmte mich, die Augen hafteten auf meinem Gesicht. »Du ungezogenes Mädchen«, flüsterte er mit aufblitzenden Pupillen.

»Ich hoffe, es gibt eine Fortsetzung«, hauchte ich lasziv zurück.

»Komm heute Abend zu mir ins Hotel. Ich bin ab achtzehn Uhr dort.« Er küsste mich zärtlich zum Abschied und schlich vorsichtig aus der Damentoilette.

✳ ✳ ✳

Eine halbe Stunde später öffnete ich erleichtert die Wohnungstür. Die Flucht aus dem Bürogebäude ohne Slip war geglückt. Nachdem Jayden aus der Toilette geschlichen war, hatte ich ein paar Minuten abgewartet und mich anschließend auf den Weg zu meinem Büroraum gemacht. Zügig packte ich die Laptop-Tasche und verließ unauffällig das Büro.

Als ich nun die Wohnung betrat, merkte ich erst, wie angespannt ich war. Emotional erschöpft ließ ich mich aufatmend auf das Sofa fallen und schloss die Augen.

Dieser Mann raubte mir wahrhaftig den Verstand.

Noch nie hatte ich so oft an Sex gedacht.

Doch das wunderte mich nicht im Geringsten, es war schlicht und einfach fantastisch.

Sex auf der Damentoilette.

Wo hatte ich den Mut dazu hergenommen?

Jayden.

Alles passte perfekt bei uns, obwohl wir uns erst seit drei Tagen kannten. Bald musste er jedoch abreisen, doch daran wollte ich im Moment keinen Gedanken verschwenden. Ich würde die Zeit genießen, die uns zur Verfügung stand.

Schwungvoll erhob ich mich vom Sofa und eilte ins Badezimmer. Duschen, anziehen, zurechtmachen und hinterher im Taxi zum Hotel.

Ein hervorragender Plan.

Nach dreißig Minuten hockte ich mit angezogenen Beinen in der Küche und schlürfte einen Kaffee, als die Türklingel bimmelte. Grummelnd ging ich in den Flur und verschloss energisch den Bademantel.

Ich hatte keine Lust auf ungebetene Gäste.

Ungehalten schaute ich durch den Türspion. Zu meinem Erstaunen winkte dort ein Kurier mit einem Päckchen in der Hand. Vorsichtig öffnete ich die Wohnungstür einen Spalt weit.

»Ja, bitte?«

»Frau Lehmann? Ein Paket für Sie.«

Verblüfft nahm ich das Päckchen entgegen und ließ die Tür ins Schloss fallen. Voller Neugier zerriss ich die Verpackung. Zum Vorschein kam eine edle Designer-Tüte mit einer dazugelegten Karte. »Eine bescheidene Wiedergutmachung. Ich hoffe, es gefällt dir. Jayden.«

Wie aufmerksam von ihm.

Hastig spähte ich in die Tasche und holte ein zauberhaftes Dessous-Set. bestehend aus einem spitzenbesetzten BH mit passendem Slip in zartem Roséton heraus. Ich juchzte erfreut auf und ein strahlendes Lächeln überzog mein Gesicht.

Wie elegant.

Der Mann hatte Geschmack.

Ich beschloss, es gleich heute Abend anzuziehen, wenn ich zu ihm ins Hotel ging.

Kapitel 7

S elbstbewusst durchquerte ich die Lobby des Hotels und schritt mit wiegendem Gang auf die Aufzüge zu. Aus den Augenwinkeln bemerkte ich die bewundernden Blicke der anwesenden Herren. Zufrieden lächelte ich im Stillen vor mich hin.

Genau das war mein Ziel heute Abend.

Ich wollte Jayden beeindrucken, verzaubern.

Bei den Männern in der Hotellobby hatte es zumindest funktioniert.

Ich trug ein kurzes, geblümtes Sommerkleid, mit V-Ausschnitt, eng anliegender Taille und Glockenrock, der bei jeder Bewegung geschmeidig um die Hüften schwang. Der aparte, roséfarbene BH formte ein atemberaubendes Dekolleté und die farblich passenden, hochhackigen Sandaletten setzten die schlanken Beine gekonnt in Szene. Die blonden Locken hatte ich im Nacken zu einem lässigen Knoten gebunden, wobei einzelne Haarsträhnen das dezent geschminkte Gesicht umspielten.

Überprüfend betrachtete ich mein Spiegelbild, während der Aufzug hinauffuhr. Mir gefiel, was ich sah, und das genügte vorerst. Der Pulsschlag pochte ungestüm im Hals, als ich zaghaft an die Hotelzimmertür klopfte. Kurz darauf öffnete Jayden die Tür und musterte mich mit leuchtenden Augen.

»Wow!«, brachte er als Begrüßung heraus.

Ja, so hatte ich mir das vorgestellt.

Ich taxierte ihn forschend. Zu meiner Verwunderung hatte er immer noch den Anzug an. Obendrein machte er keine Anstalten, mich hineinzulassen. »Kann ich reinkommen?«, fragte ich sichtlich irritiert.

Was hatte das zu bedeuten?

Er hatte mich doch eingeladen?

War ich zu früh erschienen?

Wie aus einer Trance gerissen, räusperte er sich und erwiderte betont gleichgültig: »Ah, Frau Lehmann! Das ist ja eine Überraschung!«

Was sollte das denn?

Wir hatten doch ein Date.

Und warum Frau Lehmann?

Nachdenklich zog ich die Augenbrauen zusammen und schüttelte verwirrt den Kopf. Bevor ich irgendwelche weitläufigen Schlussfolgerungen treffen konnte, erschien Lea unerwartet neben ihm im Türrahmen. Entsetzt und wie versteinert starrte ich die beiden an.

»Ja, sieh mal an. Phil! Was machst du denn hier?« Sie fixierte mich mit ihrem scharfen Blick. »Und so ein wunderhübsches Kleid.« Provozierend rückte sie an Jayden heran.

Ich fühlte, wie die Wut langsam in mir anstieg. Fragend schaute ich zu ihm auf, doch er zuckte nur mit den Schultern.

Ja klar.

Das war also Leas Plan.

Jayden im Hotel zu verführen.

Nun verstand ich seine abweisende Reaktion. Ich schnaufte aufgebracht.

Das konnte sie sich gleich abschminken.

»Lea! Dieselbe Frage wollte ich auch in diesem Augenblick stellen. Was machst du denn hier?« Grimmig fixierte ich die Nebenbuhlerin, während ich versuchte, die aufkommenden Ängste zu unterdrücken.

Überraschend mischte sich unterdessen Jayden in den messerscharfen Wortwechsel ein. »Ja, ähm, Frau Bauer wollte mir nur einige Unterlagen vorbeibringen und bei der Gelegenheit die Ideen nochmals besprechen, die Sie beim Meeting vorgestellt hatte.«

»Ah ja!«, tönte ich schnippisch, und fixierte Lea misstrauisch.

»Beruhigen Sie sich, meine Damen. Kein Grund zur Aufregung. Lassen Sie uns doch alle ins Hotelzimmer hineingehen«, versuchte er zu schlichten.

Lea drehte sich wortlos um und schwebte mit geschwungenen Hüften zurück ins Zimmer. Ich folgte ihr aufgebracht.

So eine dreiste Person.

Mein Blick glitt über den wohlgeformten Körper, das gewagte Outfit. Der dunkle Lederrock bedeckte die gebräunten Oberschenkel nur zur Hälfte, das pinkfarbene Seidentop leuchtete edel und die High Heels vervollständigten den Sexy-Look. Als sie sich auf das Sofa setzte und die Beine elegant übereinanderschlug, bemerkte ich überrascht, dass sie keinen BH trug.

Das hatte ich vorhin übersehen.

Wie konnte sie nur?

Die Brüste mit den harten Knospen zeichneten sich deutlich unter dem dünnen Stoff des Tops ab. Im Grunde genommen war ich wütend, dass sie hier so unerwartet und nicht eingeladen aufkreuzte, doch der aufregende Anblick der weiblichen Reize ließ einen erregenden Schauer den Rücken hinunterlaufen.

Aber wie auch immer, Jayden gehörte mir, und sie musste weg. Dementsprechend setzte ich mich mindestens genauso aufreizend aufs Sofa, Lea direkt gegenüber. Jayden stand nur da und betrachtete uns amüsiert, während wir uns gegenseitig weiterhin gründlich musterten. Ich ergriff als Erste das Wort. »Nun, Mr. Miller, wie weit sind Sie und Frau Bauer denn mit der Besprechung gekommen?«, fragte ich arrogant.

Fast gleichzeitig antwortete er: »Wir sind fertig«, und Lea sagte hochnäsig: »Wir haben eben erst angefangen.«

Verwirrt starrte ich von einem zum anderen.

»Also, wir können auch alle zusammen die Unterlagen durchgehen«, versuchte er höflich, die Situation zu retten.

Jetzt reichte es mir endgültig!

So ein Kindergarten, nicht mit mir!

»Ich bin dagegen«, posaunte ich heraus. »Ich habe Feierabend und möchte ihn im Übrigen genießen. Wenn ihr arbeiten wollt, bitte!« Gereizt starrte ich die beiden an. Gespannte Stille erfüllte den Raum.

»Warum bist du denn wirklich hergekommen?«, fragte Lea unvermittelt sanft.

Das geht dich nichts an, dachte ich mürrisch.

Aber bitte, wenn du es tatsächlich wissen willst.

Ich ging zum Angriff über und warf die aufkommenden Bedenken von Bord. Letztendlich ging es um Jayden und da war mir jedes Mittel willkommen.

»Ich wollte mich bei Mr. Miller nur für das hinreißende Geschenk bedanken.« Unverzüglich stand ich auf, ergriff Jaydens Hände und lächelte ihn an.

»Was für ein Geschenk?«, entfuhr es der erstaunten Lea.

Ich grinste sie überheblich an. Betont langsam streifte ich die Träger des Kleides ab und ließ es geschmeidig zu Boden gleiten.

Lea riss verblüfft die Augen auf und sog hörbar die Luft ein.

»Das sind die reizenden Dessous, die er mir heute geschenkt hat«, hauchte ich. Mit wiegenden Hüften drehte ich mich um, schlang die Arme um Jayden und küsste ihn leidenschaftlich.

Zuerst stand er wie versteinert da, doch endlich umschlang er meine Taille und erwiderte den stürmischen Kuss.

»Ich wusste, dass da was zwischen euch läuft!«, rief Lea triumphierend. »Ich hab dir das gleich angesehen.«

Freute sie sich etwa darüber?

Irritiert löste ich die Umarmung und starrte jetzt meinerseits erstaunt auf die Arbeitskollegin. »Und du hast nichts dagegen?«

Lächelnd schüttelte Lea den Kopf.

Mit einem Mal kam ich mir lächerlich vor. Mir war es peinlich, wie ich mich aufgeführt hatte. Ich verstand es selber nicht.

Dass ich dazu fähig war.

Letztendlich stand ich in Dessous in einem Hotelzimmer und posierte freizügig vor einer Kollegin und dem Europa-Direktor.

Ich fühlte, wie mir die Röte ins Gesicht schoss.

Was war nur in mich gefahren?

Wenn sich das im Büro herumsprach.

»Wirst du es weitererzählen?«, fragte ich kleinlaut und senkte verlegen den Blick. Aus den Augenwinkeln beobachtete ich, wie Lea sich langsam erhob und zu mir trat. Sanft streichelte sie meine Wange und ich sah direkt in zwei strahlende katzengrüne Augen. Die Pupillen schimmerten lustverhangen und ich wusste nicht, was ich denken sollte.

»Nein, ich verrate es niemandem, unter einer Bedingung ...«, flüsterte sie, während sie zärtlich die Hände um meinen Nacken schlang. »Ich möchte mitmachen.« Mit diesen Worten zog sie mich heran, streifte mit den Lippen hauchzart über meine. Ich verstand die Welt nicht mehr.

Was geschah da gerade?

Ich stand in Dessous in Jaydens Hotelzimmer und wurde von einer Frau – einer Kollegin – geküsst.

Bevor ich allerdings klar denken konnte, reagierte mein Körper längst auf die zärtlichen Berührungen. Zögernd erwiderte ich den Kuss und fühlte ein berauschendes Glücksgefühl. Leas Lippen waren weich, voll und erregend. Ich wollte mehr, doch da schaltete sich der Kopf dazwischen. Verwirrt löste ich die Umarmung und starrte Lea an.

»Darf ich bleiben?«, flüsterte sie bittend.

Sie meinte das wirklich aufrichtig.

Mein Blick fiel auf Jayden, der neben uns stand und uns gespannt beobachtete. Begehren flackerte in den verdunkelten Pupillen.

»Das ist absolut deine Entscheidung. Wenn du Lea willst ...?«

Zögernd schaute ich unsicher zur Arbeitskollegin. »Aber ich dachte, du wolltest dich nur an Jayden ranmachen?«

Sie lachte herzhaft auf. »Süße, ich bin scharf auf dich. Aber da ich annahm, dass du nur auf Männer stehst, musste ich mir etwas einfallen lassen. Ich hatte gehofft, dass wir zu dritt Spaß haben könnten. Deshalb hatte ich auch im Büro gefragt, ob da irgendetwas zwischen dir und Mr. Miller läuft.«

Überrascht musterte ich Lea.

Sie stand auf mich.

Sie wollte gar nichts von ihm.

Er war nur Mittel zum Zweck.

»Gefalle ich dir denn nicht?«, flüsterte sie und riss mich aus den Gedankengängen.

»Doch. Du bist sexy und hast eine Wahnsinnsfigur«, antwortete ich ehrlich.

Sie strahlte zurück. »Du bist auch nicht ohne, meine Süße. Darf ich bleiben?«

Die Gefühle fuhren Achterbahn.

Sollte ich mich darauf einlassen?

Was wurde dann aus Jayden und mir?

Allerdings hatte ich nichts zu verlieren. Er flog auf jeden Fall bald nach Amerika zurück.

Ich antwortete, indem ich Lea umarmte und leidenschaftlich küsste. Während ich in den Armen dieser reizenden Frau versank, empfand ich unvermittelt Jaydens Handflächen am Rücken und zuckte erschauernd zusammen.

Er stand dicht hinter mir und legte eine Feuerspur die Wirbelsäule entlang bis hinauf zum Nacken. Wohlige Hitze fuhr über die Haut und ließ sie wie Champagner kribbeln. Die sinnlichen Berührungen der vier Hände gleichzeitig am Körper zu spüren, war wie ein Feuerwerk der Sinne. Ich hatte das Gefühl, zu verbrennen, und zitterte vor Erregung.

Jayden löste behutsam den BH, streifte die Träger über die Schultern. Die entblößten Brüste sprangen Lea entgegen, die sofort anfing, sie liebevoll in den Handflächen zu wiegen. Sie beendete den Kuss und beugte sich vor, leckte die harten Knospen, sog an ihnen.

Ich stöhnte lustvoll auf.

Noch nie hatte eine Frau an meinen Nippeln gesaugt.

Ich öffnete die Augen zu Schlitzen und blinzelte begierig auf das Schauspiel herab.

Was für ein anregender Anblick.

Ich seufzte erneut, schloss die Lider und legte den Kopf nach hinten auf Jaydens Schulter. Er küsste und knabberte immer noch zärtlich am Hals, während die Hände hinunter zum Tanga wanderten, die Pobacken behutsam kneteten. Lea kniete währenddessen vor mir und übersäte den Bauch mit feuchten Küsschen. Langsam umspielten ihre Fingerspitzen den Bund des Slips, bevor sie diesen sanft runterzog, die Lippen hauchzart auf die Vulva drückte und einen Finger durch den Spalt gleiten ließ.

Mir entfuhr ein Seufzer.

Ich war so nass und stöhnte bei jeder Berührung auf. Jayden, der unterdessen nur noch seine Boxershorts anhatte, presste die aufgekommene Erektion von hinten gegen meinen Po. Lea erhob sich und deutete mit funkelnden Augen auf das Bett. Ich kam der Aufforderung nach und rekelte mich splitternackt auf dem Bettlaken.

Was jetzt wohl passierte?

Fasziniert beobachtete ich die Freundin, während sie die Kleidung ablegte. Der Busen war verhältnismäßig klein, jedoch straff, der Bauch flach und durchtrainiert, die Scham glattrasiert.

Ihr Anblick erregte mich.

Sie lächelte aufreizend, kletterte zu mir aufs Bett und fing sofort an, die Vulva zu küssen. Jayden legte sich – ebenfalls nackt – neben uns, leckte und sog an meinen Brüsten. Lea wiederum spaltete mit der Zungenspitze geschickt die Schamlippen und fuhr langsam von der Öffnung bis zur Klitoris und zurück.

Ich fühlte die Geilheit ansteigen, die Vaginalmuskeln zuckten; ich atmete schwer. Der Körper vibrierte unter den vielen Berührungen, während die Zunge abwechselnd unerbittlich in die Vagina vorstieß und die angeschwollene Perle massierte.

Jayden sog gleichfalls immer intensiver an den harten Knospen, knabberte an ihnen.

Der Höhepunkt rollte mit Wucht heran, der Liebessaft strömte, ich stöhnte vor Wollust. Lea gab mir trotzdem keine Zeit zur Erholung. Liebevoll gab sie mir die Anweisung, mich umzudrehen und forderte Jayden mit lüsternen Blicken auf: »Komm und nimm sie dir.«

Gierig schaute ich auf den prallen Penis mit der pulsierenden Spitze. Obwohl unmittelbar vorher gekommen, wollte ich den Stab in mir spüren. Ich streckte ihm das Hinterteil entgegen und ließ das Becken auffordernd Kreisen. Er packte die Hüften und drang mit einem harten Stoß in die Tiefe meiner Vulva.

Ich schrie auf, streckte ihm stöhnend den Po entgegen, um den Luststab intensiver aufzunehmen. Lea positionierte sich neben uns, beobachtete begierig das anregende Treiben. Mit dem Zeigefinger massierte sie ihre Perle, mit den anderen Fingern bearbeitete sie keuchend den Spalt.

Sie masturbierte vor meinen Augen.

Gebannt starrte ich auf das erregende Spiel der Hände. Flackernde Hitze loderte auf, trieb mich in einen gewaltigen Orgasmus, den ich lautstark herausschrie. Lea beugte sich zu mir und die Zungen spielten erneut einen feurigen Tanz. Jayden verlangsamte die Bewegungen, glitt vorsichtig heraus, während ich bäuchlings auf meine Freundin hinunter sank. Immer stürmischer wurde unser Zungenspiel, die Haut prickelte wie Champagner.

Jetzt wollte ich sie erforschen, die Brüste, die Scham berühren.

Mit vor Ekstase pochendem Herzen rutschte ich tiefer und umspielte erst zögernd, danach forscher mit der Zunge den Bauchnabel, hoch zu den Knospen und zurück zur Lustgrotte. Vorsichtig drang mein Finger hinein; ihr Lustsaft war überall und duftete herrlich. Langsam bewegte ich den Mittelfinger forschend in der Spalte, während ich mutig die Schamlippen und die glänzende Perle küsste. Lea entfuhr ein Seufzer, die Wangen waren vor Erregung gerötet.

Es gefiel ihr.

Dann machte ich wohl alles richtig.

Schließlich hatte ich noch nie Sex mit einer Frau.

Ich leckte, saugte, stieß vor und zurück, wobei ich zwischendurch ihr lustbetontes Gesicht betrachtete.

Sie atmete immer zügiger. Auch mein Schoß war heiß vor Verlangen, die Vulva zog sich lustvoll zusammen. Ich verstärkte das Zungen- und Fingerspiel, massierte die Perle. Sie stöhnte, zitterte und schob mir das Becken entgegen. Als sie kam, drückte sie den Kopf kräftig auf die Scham und der Liebessaft ergoss sich in den geöffneten Mund.

Während dieses Schauspiels saß Jayden neben uns auf der Matratze und berührte behutsam den prallen Luststab.

Lea sah auf die stattliche Männlichkeit und grinste. »Du solltest ihn endlich erlösen«, raunte sie mir zu.

Er lag jetzt rücklings auf dem Bett und streichelte dabei zärtlich über meine Oberschenkel. Sofort setzte ich mich auf ihn, senkte das Becken langsam abwärts, ließ den angeschwollenen Stab in die Scheide gleiten.

Lea rückte dicht heran, beobachtete uns gebannt, küsste mich hingebungsvoll, während ich sachte die Bewegung steigerte. Mit flackernden Pupillen schaute sie zu Jayden.

»Willst du mich lecken?«, flüsterte sie mit heiserer Stimme.

Ohne eine Antwort abzuwarten, kniete sie augenblicklich über seinem Gesicht. Sie saß mir jetzt direkt gegenüber, suchte meinen Blick. Während ich das Tempo erhöhte, massierte ich die vor mir wippenden Brüste mit den erregten Brustwarzen und Jayden züngelte von unten Leas Vulva. Sie stöhnte leidenschaftlich, warf den Kopf dabei in den Nacken und ich sah, wie der Saft aus der erotisierenden Spalte sickerte.

Ich war außer mir vor Lust, rieb zusätzlich hemmungslos an ihrer Knospe, ritt keuchend der Ekstase entgegen.

Lea kam gewaltig und Jaydens Körper zuckte gleichzeitig unter mir. Sein männliches Stöhnen hallte durch das Hotelzimmer, als ich mich vorbeugte und mit Lea in einem innigen Kuss verschmolz.

Als ich die Augen aufschlug, lag ich nackt auf einem heillos zerwühlten Bett in dem Hotelzimmer meines Vorgesetzten, den ich bislang nur seit einigen Tagen kannte. Doch in dieser kurzen Zeit hatte ich den besten Sex meines Lebens und die ersten lesbischen Erfahrungen gemacht.

Wahnsinn!

Verwirrt schüttelte ich den Kopf.

Doch wie ging es jetzt weiter?

Was passierte, wenn die außergewöhnliche Woche endete und mein Mr. Miller in die USA zurückflog?

Und was dachte Lea darüber?

War es für sie nur ein One-Night-Stand oder wollte sie mehr von mir?

Und ich?

Fragen über Fragen durchströmten den Kopf, auf die ich keine Antworten hatte. Aus dem Badezimmer nebenan drangen unerwartet Geräusche durch die geöffnete Tür. Kurz darauf erschien Lea in einen kuscheligen Bademantel gehüllt und warf sich zu mir aufs Bett. Müde setzte ich mich auf und lehnte gemütlich am Kopfende. Zu gerne hätte ich hier erneut die Nacht verbracht, doch ich fühlte, dass ich jetzt eine Pause benötigte.

»Mädels, wer möchte einen Espresso?«, hörte ich Jaydens volltönende Stimme von nebenan.

Da ließ ich mich nicht zweimal bitten.

Flink kletterte ich vom Hotelbett, warf mir einen Bademantel über und schlürfte Lea hinterher.

Lächelnd reichte er uns die Kaffeetassen, und als ob er Gedanken lesen konnte, sagte er: »Ladys, das war der Wahnsinn. Und so gern ich weitermachen würde ... ich habe morgen einen langen Tag. Herr Schmidt hat einen Ausflug zu einer Partnerfirma organisiert. Es geht um sechs Uhr los mit einer zweistündigen Anfahrt.« Seufzend hockte er auf dem Sofa und nippte vorsichtig an dem heißen Kaffee.

»Schmeißt du uns etwa raus?«, fragte Lea scheinbar empört. Doch ehe er antworten konnte, lachte sie vergnügt auf. »Ist schon gut. Ich glaube, wir brauchen alle eine Pause, nach dem Abenteuer ...«, sagte sie grinsend und verschwand im Bad.

Nachdem ich geduscht und mich angezogen hatte, verabschiedeten wir uns von Jayden und verließen gemeinsam das Hotel. Es war spät am Abend, doch die aufgekommene frische Brise kühlte herrlich und ich entschloss mich spontan, Lea zu Fuß zu ihrer Wohnung zu begleiten. Es wehte ein angenehm warmer Wind, Sterne schimmerten am Himmel und der Mond erhellte die Nacht. Ich wusste nicht, was ich sagen sollte, und wir gingen stillschweigend eine Weile nebeneinander her.

Komische Situation.

Vor einigen Minuten hatte ich heißen Sex mit dieser Frau neben mir.

Doch jetzt erschien alles so unwirklich.

Sie war letztendlich eine Kollegin und morgen würden wir wiederum zusammen arbeiten. Privat hatten wir uns bisher nie getroffen und über Nacht teilten wir ein sexuelles Geheimnis. Die Bettszenen schwirrten durch meinen Kopf, ich errötete heftig.

Lea blieb stehen und schaute mich forschend an. »Und ... Willst du es noch mal machen?«

»Wie ... Was?«, stotterte ich verlegen, obwohl ich genau wusste, was sie meinte.

»Na, das mit uns? Unser erotisches Abenteuer?«

Ich schwieg. Es hatte mir gefallen, sehr sogar, doch gleichzeitig war alles außerordentlich verwirrend. Ich begehrte Jayden, aber Lea zog mich auf andere Weise an.

Was wollte ich?

Unschlüssig musterte ich ihr reizendes Gesicht mit den katzenhaften Augen.

Lea umschloss liebevoll meine Hände. »Es ist okay, falls du dich unsicher fühlst. Ich mag dich auf jeden Fall und würde mich freuen, wenn wir weiterhin befreundet bleiben.«

»Ja klar, gerne«, sagte ich erleichtert. Ich mochte Lea und war insgeheim froh, dass sie mich nicht zu mehr drängte.

Strahlend hakte sie sich unter und wir schlenderten gemeinsam bis zu ihrer Wohnung. Dort bestellte ich ein Taxi und sie gab mir zum Abschied einen betörenden Zungenkuss, bevor sie im Hauseingang verschwand.

Kapitel 8

J n dieser Nacht schlief ich wie ein Baby. Ich war überwältigt von den Ereignissen der letzten Tage.

Am nächsten Morgen gönnte ich mir eine extra lange Dusche und zog mich um. Schwarze Dessous, einen unaufdringlichen, knielangen dunklen Rock, passende Pumps und eine hellblaue Seidenbluse mit kurzen Ärmeln, die vorzüglich mit meiner Augenfarbe harmonierte. Ich fuhr mit der U-Bahn zur Arbeit und saß um acht Uhr pünktlich am Schreibtisch.

Der letzte Arbeitstag mit Jayden.

Morgen flog er zurück nach San Francisco. Ich würde ihn vermissen, so viel stand fest.

Hatte ich mich verliebt?

Hm ... Auf jeden Fall zog er mich magisch an, vor allem sexuell. Aber Liebe?

Ich schaute nachdenklich auf und sah Lea in einem figurbetonten Kleid an den Glasscheiben des Büros vorbeischweben. Sie lächelte und zwinkerte mir aufreizend zu, was einen Schauer den Rücken hinunterlaufen ließ. Sie war außergewöhnlich attraktiv.

Aber stand ich auf Frauen?

Ich stöhnte auf. Zu viele Fragen kreisten durch den Kopf, verwirrten. Ich hatte Mühe, mich auf die Arbeit zu konzentrieren. Der Vormittag zog sich zäh dahin und ich freute mich über die Unterbrechung beim Mittagessen. Anschließend saß ich erneut in Gedanken vertieft im Büro, als Lea unvermittelt hereinplatzte und die Tür energisch hinter sich ins Schloss fallen ließ. Ich zuckte erschrocken zusammen und starrte sie entgeistert an.

»Hi Phil!«, posaunte sie fröhlich, währenddessen sie den üblichen Platz auf der Schreibtischkante einnahm.

»Hallo Lea«, murmelte ich zurück.

Sie musterte mich eindringlich, während ich verlegen auf den Monitor stierte. »Na, ist alles okay bei dir?«

»Ja, klar«, log ich und hatte sofort Schuldgefühle. Freundinnen gegenüber sollte man ehrlich sein und Lea war seit gestern eine intime Freundin.

»Bist du sicher?« Sie betrachtete das errötende und schmunzelte. »Du warst noch nie eine begnadete Lügnerin.« Sie fixierte mich regelrecht.

»Was ...?«, stotterte ich mit heiserer Stimme. »Mir geht's ausgezeichnet.« Ich wich ihrem Blick unsicher aus.

Sie rückte allerdings dicht heran, legte eine Hand auf meine Schulter. »Ach komm, Mr. Miller reist morgen ab. Ich sehe dir an, dass du dich auf nichts anderes konzentrieren kannst.«

War ich so leicht zu durchschauen?

»Es war ja nur Sex ...«, flüsterte ich.

»Das kann schon sein, aber ein bisschen magst du ihn doch, das musst du zugeben.« Sie gab mir lächelnd einen zärtlichen Stups an die Schulter.

»Jaaa«, gab ich widerwillig zu. »Das ändert aber nichts an der Tatsache, dass heute Jaydens letzter Arbeitstag ist und er morgen abreist. Ich weiß noch nicht einmal, ob ich ihn heute wiedersehe«, fügte ich unglücklich hinzu.

»Na, dann habe ich eine Überraschung für dich«, triumphierte sie strahlend und wippte mit den Füßen.

Ich schaute sie verwirrt an.

»Ich habe vorhin erfahren, dass der Chef Mr. Miller nicht wie geplant zum Flughafen begleiten kann. Darum bat er mich, ihn an seiner Stelle zu verabschieden.«

Ich starrte Lea überrascht an.

»Keine Angst, ich habe abgesagt.« Sie tätschelte erneut meinen Arm. »Stattdessen hatte ich den genialen Einfall, dich als Begleitperson vorzuschlagen«, triumphierte sie.

Fassungslos stierte ich in das ausgedehnte Grinsen der Arbeitskollegin.

»Der Chef war einverstanden und wird bestimmt bald mit der Bitte auf dich zukommen.«

Ich musste mich beherrschen, um nicht vom Stuhl aufzuspringen und Lea um den Hals zu fallen. »Oh, du bist die beste Freundin, die ich habe. Warum hast du das gemacht?« Freudig drückte ich ihre Hände.

»Wie gesagt, ich mag dich, und ich weiß doch, dass du auf ihn stehst.«

Mein Herz hüpfte vor Freude in der Brust. »Weiß er, dass ich mitfahren werde?« In mir reifte ein gewagter Plan. Eine Überraschung für Jayden. Zum Abschied.

»Keine Ahnung. Ich hörte, wie Herr Schmidt zu ihm sagte, dass er eine andere Begleitung für ihn finden würde.«

»Wann hast du das gehört?«, fragte ich aufgeregt mit überschlagender Stimme.

»Vor etwa zehn Minuten im Meeting-Raum.« Mit Schwung hopste Lea von der Schreibtischkante und zupfte das Kleid zurecht.

»Was? Der Chef und Jayden sind zurück von dem Ausflug?«, rief ich entsetzt und stürzte eilig zum Spiegel.

»Ja, sie sind vor ca. einer halben Stunde angekommen.« Kopfschüttelnd trat sie zu mir. »Du siehst zum Anbeißen aus«, schnurrte sie.

»Das hab ich gar nicht mitbekommen.« Nervös schlängelte ich mich an der Kollegin vorbei zur Tür und spähte in Richtung Konferenzraum.

Lea lachte lauthals auf. »Ja, das habe ich mir gedacht. Du hast den gesamten Tag ja nur an deinem Tisch gesessen und aus dem Fenster gestarrt.«

Ich bemerkte, wie mir das Blut in den Kopf schoss, und hantierte unruhig an den Knöpfen der Bluse.

»Am besten du machst dich jetzt fertig. Das Meeting fängt gleich an.« Grinsend schob Lea mich vor den Spiegel.

Hektisch schaute ich auf die Uhr und merkte überrascht, dass es kurz vor vierzehn Uhr war. »O Gott, so spät!«

Lea hauchte mir einen flüchtigen Kuss auf die Wange und schlenderte langsam aus dem Büro hinaus. Hastig überprüfte ich mein Äußeres, packte die Unterlagen zusammen und eilte der Arbeitskollegin hinterher.

❋ ❋ ❋

Fast alle saßen auf den zugewiesenen Plätzen, nur der Chef unterhielt sich mit Mr. Miller abseits. Als ich den Raum betrat, schaute Jayden kurz auf und lächelte mir zu.

Unverbindlich, freundschaftlich.

Mein Herz klopfte stürmisch. Dieser Mann hatte eine Ausstrahlung, der ich mich nicht entziehen konnte. Sofort blitzten die Bilder der vergangenen Tage durch den Kopf und ich fühlte längst die Nässe im Slip. Schnell senkte ich den Blick. In dem Augenblick, als ich mich setzen wollte, beendete Herr Schmidt das Gespräch mit Mr. Miller und kam auf mich zugesteuert.

»Frau Lehmann!«, pustete er mir ins Gesicht, sodass ich dezent einen Schritt nach hinten auswich. »Ich habe eine Bitte an Sie. Hätten Sie die Freundlichkeit, unseren Gast morgen zum Flughafen zu begleiten, gegen zwölf Uhr? Leider bin ich verhindert.«

Er schaute mich erwartungsvoll an. Er konnte ja nicht ahnen, wie gerne ich der Aufforderung nachkam.

»Ja, selbstverständlich Herr Schmidt«, flötete ich eifrig.

»Sehr schön! Ich wusste, dass ich mich auf Sie verlassen kann. Mr. Miller weiß Bescheid, dass ihn jemand anderes begleitet. Bitte empfangen Sie die Limousine pünktlich am Hoteleingang und stellen Sie sicher, dass alles vorbereitet ist.«

Innerlich rollte ich wegen der übertriebenen Unterwürfigkeit des Chefs die Augen, antwortete dennoch gewissenhaft: »Ich werde alles zu Ihrer Zufriedenheit erfüllen, Herr Schmidt.« Und darüber hinaus dachte ich ungeniert.

Das Meeting begann und überraschenderweise war ich hoch konzentriert. Nach knapp zwei Stunden beendete Jayden die Zusammenkunft, bedankte und verabschiedete sich herzlich von jedem Mitarbeiter persönlich. Zu mir kam er als Letztes. »Frau Lehmann! Es war mir ein spezielles Vergnügen, mit Ihnen zusammenzuarbeiten. Für Ihre Hilfe bei der Ausarbeitung der Präsentation möchte ich mich besonders bedanken.«

»Das Vergnügen war ganz auf meiner Seite. Ich hoffe, auch in Zukunft mit Ihnen zusammenarbeiten zu können.«

Erneut hielt er meine Hand eine Spur zu lang gedrückt, die tiefbraunen Augen sagten mehr als viele Worte. Die Berührung brachte die Haut zum Kribbeln wie in einem Champagnerbad und ich unterdrückte ein Seufzen.

Schleunigst entzog ich die Hand und sah unsicher zur Tür. Doch die Kollegen beachteten uns nicht, sondern unterhielten sich angeregt über das Meeting, während sie den Konferenzraum verließen.

»Sehen wir uns heute Abend?«, fragte ich hoffnungsvoll. Ich wusste zwar, dass ich ihn morgen noch zum Flughafen begleiten würde, aber das sollte eine Überraschung werden.

»Herr Schmidt hat mich eingeladen«, antwortete er bedauernd. »Er möchte mir unbedingt das Hamburger Nachtleben auf der Reeperbahn zeigen«, flüsterte er mir hinter vorgehaltener Hand zu.

Enttäuscht verzog ich das Gesicht zu einer Grimasse. Ich hatte mich insgeheim längst auf eine Abschiedsnacht mit ihm gefreut.

War ich doch nur eine willkommene Abwechslung, eine kurze Affäre für ihn?

Brauchte er eine Ausrede, um mich loszuwerden?

Aber das hatte ich mir irgendwie denken können.

Im Grunde genommen wollte ich ja das Gleiche: Sex mit einem attraktiven Mann.

Und den hatte ich gehabt, und wie.

Somit versuchte ich, ihn anzulächeln, mir nichts anmerken zu lassen.

Jayden schaute mich forschend an. »Wenn du einverstanden bist, komme ich morgen früh bei dir vorbei, bevor ich abreise. Ich möchte mich noch von dir verabschieden ...«, hauchte er mit rauchiger Stimme, die die Libido erneut zum Schwingen brachte.

Ich lächelte glücklich. »Auf jeden Fall, gerne.« Ich schenkte ihm ein strahlendes Lächeln.

Er räusperte sich etwas zu auffallend. »Also, ich hoffe, wir sehen uns in Zukunft bald wieder«, posaunte er durch den Raum und wir verließen zusammen das Konferenzzimmer.

Kapitel 9

rückende Hitze erfüllte das Schlafzimmer.
Durch die hohe Luftfeuchtigkeit fühlte sich das Bettlaken klamm an und das dünne T-Shirt klebte unangenehm an mir. Sogar das geöffnete Fenster brachte keine Abkühlung.

Stöhnend betätigte ich den Regler des Ventilators, der auf dem Nachtschrank stand, und trank einen Schluck vom Rotwein. Niedergeschlagen richtete ich die Kissen und starrte erneut auf den Fernseher, der sich auf der Kommode gegenüber dem Bett befand. Der Krimi war spannend und doch konnte ich mich nicht so voll darauf konzentrieren und hatte den Überblick über die Handlung verloren. Ständig dachte ich an Jayden und die vergangenen aufregenden Tage und Nächte mit ihm. Schade, dass er gerade an unserem letzten Abend in Deutschland von meinem Chef eingeladen wurde.

Aber er wollte mich ja morgen früh besuchen.

Darauf freute ich mich wahnsinnig.

Aller Voraussicht nach würde ich die Nacht keinen Schlaf finden und wach bleiben vor Vorfreude.

Unerwartet ertönte die Türklingel und ich zuckte erschrocken zusammen.

Ich erwartete keine Menschenseele und schon gar nicht zu so später Stunde.

Nervös schlüpfte ich aus dem Bett, schlich auf Zehenspitzen barfuß zur Wohnungstür und lugte durch den Türspion.

Niemand zu sehen.

Ich wartete ein paar Sekunden und öffnete anschließend die Tür einen minimalen Spalt, soweit es die Sicherungskette erlaubte. Erstaunt sah ich eine einzelne Rose mit einer angehefteten Grußkarte auf der Türmatte liegen.

Mein Herz stürmte davon.

Die musste von ihm sein.

Erfreut hob ich die duftende Blume auf, roch genüsslich an ihr und las die Karte: »Für meine Süße, Jayden!«

Ich strahlte.

Doch in dem winzigen Umschlag steckte ein zweiter Zettel: »Darf ich noch reinkommen?«

Verwirrt schaute ich mich um.

War er hier?

Bei dem Gedanken fing mein Puls an zu rasen. »Jayden?«, wisperte ich.

Plötzlich erklangen Schritte im Treppenhaus, die unverzüglich näher kamen. Aufgeregt hielt ich den Atem an und starrte auf den Gang. Augenblicke später erblickte ich ihn.

»Was machst du denn hier?«, flüsterte ich ihm erfreut entgegen.

»Ich musste dich unbedingt heute Abend noch sehen«, strahlte er zurück und nahm mich in die Arme.

Rasch zog ich ihn in die Wohnung und schloss die Tür hinter ihm. Wir standen beide wie angewurzelt da und schauten uns nur an. Schmetterlinge kribbelten im Bauch, das Blut rauschte in den Ohren, die Scham pochte unaufhörlich. Zärtlich und sanft streichelte er mit den Fingerspitzen über meine Wange.

»Meine hinreißende Lady«, raunte er und küsste mich im nächsten Augenblick leidenschaftlich. Ich erwiderte stürmisch; die Zungen schlängelten sich umeinander und er drückte mich rücklings gegen die Wohnungstür. Seine Hände wanderten unter das dünne Shirt und er grinste unverschämt, als er feststellte, dass ich keinen BH trug. Er knetete fordernd die Brüste, während wir uns weiterhin hemmungslos küssten. Atemlos streifte ich das Oberteil ab, warf es achtlos auf den Dielenboden, sodass ich jetzt nur noch im Slip vor ihm stand.

Gierig umfasste er erneut den Busen, beugte sich hinab und leckte die erregten Nippel. Aufstöhnend lehnte ich mich rückwärts und schloss genießerisch die Augen. Feuchtigkeit bedeckte die Lustgrotte und ich fühlte, wie der Saft langsam heraussickerte. Ich fing an zu keuchen und verkrampfte die Hände in Jaydens Haaren. Als ich die Liebkosungen nicht mehr länger aushielt, holte ich ihn nach oben, küsste ihn heißblütig und saugte an den maskulinen Lippen. Die Begierde wuchs ins Unermessliche.

Ich wollte mehr, viel mehr.

Mit zittrigen Fingerspitzen nestelte ich an der Hose, streifte sie ihm zusammen mit dem Slip hinunter.

Die Männlichkeit sprang mir hart und prall entgegen. Gierig starrte ich auf den geschwollenen Penis, die feinen Adern, die glänzende Spitze. Auf der Stelle kniete ich vor ihm, umfasste den Luststab, leckte an ihm hoch und runter. Währenddessen zog er eilig das Hemd aus und stieg aus den Hosen. Bevor ich allerdings loslegen konnte, holte er mich noch einmal nach oben und fragte mit rauchiger Stimme: »Wo ist dein Bett?«

Seine Blicke aus tiefbraunen Augen haftete auf meinem Gesicht. Das Feuer loderte unaufhaltsam. Wortlos ergriff ich die kräftige Hand und zog ihn begierig ins Schlafzimmer. Der Fernseher lief weiterhin, doch das störte nicht.

Ich legte mich in einer verlockenden Pose rücklings auf die Matratze, die Arme oberhalb des Kopfes ausgestreckt, die Beine leicht angewinkelt.

Er folgte mir sogleich und lehnte sich über mich; küsste die Lippen, den Hals, die Brüste und Nippel, zog eine sinnliche Spur bis zur Schamgrenze. Ich hatte immer noch das durchnässte Höschen an, aber das hielt ihn nicht im Entferntesten auf. Er leckte die Schamlippen durch den Slip und stöhnte: »Du schmeckst und riechst so himmlisch.« Abrupt löste er sich von mir, schaute mich mit lustverhangenen Pupillen an.

»Was ist denn?«, fragte ich verwirrt.

Warum unterbrach er das köstliche Liebesspiel?

»Du weißt, dass ich morgen abreise …«, flüsterte er mit betrübter Stimme.

»Darüber müssen wir doch jetzt nicht reden«, raunte ich ungeduldig zurück und hob einladend das Becken an.

»Nein, das stimmt. Aber was soll ich nur machen, ohne deine reizende, schmackhafte Grotte?«

Ich lächelte amüsiert. »Wir lassen uns was einfallen. Momentan haben wir erst einmal etwas Spaß zusammen«, erwiderte ich und setzte mich triumphierend auf ihn. Dort hielt es mich nicht lange, zügig kroch ich abwärts zum prallen Stab und fing sofort an zu saugen. Damit hatte er nicht gerechnet, denn er stöhnte lustvoll auf. Er schob mir das harte Glied entgegen, tief in den Mund hinein. Ich würgte kurz, so kräftig war er in mir eingedrungen, doch ich saugte gierig los. Die Erektion schwoll noch stärker an; Jayden lenkte zusätzlich den Kopf und übernahm die Führung.

»Oh …, ich komme gleich …!«, presste er hervor. Schleunigst löste ich die Lippen, legte eine Hand um den Luststab und massierte ihn mit ansteigendem Tempo.

Jaydens Penis zuckte und entlud den Liebessaft mit heftigen Stößen.

Was für ein stimulierender Anblick.

Ich streckte mich neben ihm aus und streichelte verträumt die Linien der Bauchmuskeln entlang. Mittlerweile lagen wir eng umschlungen auf dem kühlenden Laken. Jetzt fingen die Gedanken doch an zu kreisen. Den Kopf auf seiner Brust dachte ich darüber nach, was er vorhin zu mir gesagt hatte. Jayden spielte traumversunken mit einer langen Haarsträhne, wickelte sie kunstvoll um den Zeigefinger und ließ sie mit einem Schnippen zurückspringen.

»Wir können ja telefonieren oder chatten«, begann ich das unangenehme Gespräch.

»Ja, das wäre auf alle Fälle ein Anfang. Aber ich kann dich allerdings nicht übers Telefon verwöhnen, so wie jetzt ...«, flüsterte er mir zu.

Er hatte sicherlich recht.

Unser fantastisches Sexleben konnten wir so auf keinen Fall fortführen.

Aber was gab es für eine Alternative und war da tatsächlich mehr zwischen uns als reine sexuelle Anziehungskraft?

Doch selbst wenn da mehr war ... Ich wohnte in Hamburg, er in San Francisco.

Eine Fernbeziehung kam da höchstwahrscheinlich nicht in Frage.

Ich seufzte unglücklich.

Er war mein Traummann, und wenn die Entfernung nicht wäre, wer weiß, was sich daraus noch entwickeln würde.

Unwirsch schüttelte ich den Kopf.

Diese negativen Gedankengänge brachten keine Lösung. Ich wollte die Gegenwart genießen, solange er hier bei mir war.

»Also, was schlägst du vor?«, säuselte ich ihm ins Ohr.

Als er schwieg, fuhr ich fort: »Du könntest mir am Telefon erzählen, was du mit mir machen würdest, wenn ich bei dir wäre. Und ich habe einen Freund, der deine Worte hervorragend übermitteln wird.« Ich blinzelte ihn schelmisch an.

»Aha ...?«, brummte er irritiert.

»Nicht was du denkst!«, erwiderte ich empört und deutete auf den Nachttisch. »Schau in die untere Schublade.«

Jayden kräuselte eine Augenbraue, reckte sich über mich und öffnete interessiert das unterste Schubfach. »Wow, was haben wir denn da?«, murmelte er anerkennend. »Das ist ja eine Überraschung. Eine fantastische Spielzeugsammlung.« Jayden zwinkerte mir spitzbübisch zu.

»Warum nicht? Ab und zu etwas Abwechslung beim Sexleben ist erlaubt.«

Er grinste nur. »Na dann zeig's mir«, forderte er mich auf.

Damit hatte ich nicht gerechnet.

Zeigen?

Sollte ich vor ihm masturbieren?

Ich betrachtete ihn unsicher. »Wie, jetzt? ... Aber ich hab dich hier bei mir«, antwortete ich verlegen und Hitze glühte im Kopf.

»Na, das ist doch kein Hindernis.« Er musterte die Spielsachen und ergriff den größten Vibrator. Dann drehte er sich zu mir, betätigte den Startknopf und hielt die vibrierende Spitze direkt an den Kitzler.

Ich schnappte nach Luft, der Reiz durchfuhr den Körper, breitete sich stürmisch aus. Total überrumpelt spreizte ich automatisch die Beine.

Jayden nahm dagegen meine Hand und führte sie zum Vibrator-Griff. »Zeig mir, wie du es machst«, flüsterte er mit erregtem Tonfall.

Das war hoffentlich nicht ernsthaft gemeint, oder doch?

Das Zittern in der Stimme, der lüsterne Blick.

Er wollte zuschauen, wie ich es mir besorgte.

Mir hatte noch nie jemand dabei zugeschaut.

Unsicher hielt ich den Vibrator in der Hand.

Sollte ich?

Ein Blick in die tiefbraunen Augen reichte und die Scheu verschwand. Ich ließ mich gehen, bewegte den Stab auf und ab an den Schamlippen entlang und schob die Spitze anschließend langsam in die Vagina. Immer härter und tiefer in die Lustgrotte hinein. Ich stöhnte auf und hob das Becken etwas an, während Jayden fasziniert zuschaute und der Penis erneut eine beachtliche Größe annahm. Ich erhöhte angeregt das Tempo und empfand, wie die Scheide den Vibrator fest umschlossen hielt. »Komm ..., leck die Nippel ... bitte ...«, flehte ich, währenddessen die Haut vor Begierde prickelte.

Er rutschte heran und knabberte an den Knospen, leckte zart darüber, zwirbelte sie mit den Fingerspitzen. Feurige Blitze schossen augenblicklich durch die Scham, der Höhepunkt nahte und ich keuchte.

Doch Jayden unterbrach die Zärtlichkeit, drehte mich auf den Bauch und hob mein Becken an, sodass ich rücklings vor ihm kniete. »Mach weiter Philippa!«, stieß er stöhnend hervor, während er aus der Schublade das Gleitgel angelte und einen Klecks auf der Rosette verteilte. Als ich merkte, was er vorhatte, ließ ich den Vibrationsstab herausgleiten und zitterte vor Verlangen. Vorsichtig, mit leichtem Druck schob er den prallen Penis in das Poloch hinein, bewegte sich unmerklich vorwärts. Automatisch verkrampften die Pomuskeln und mir entfuhr ein spitzer Schrei.

»Entspann dich«, raunte er und streichelte zärtlich über meinen Rücken.

Ich zog die Luft ein, als müsste ich seufzen und fühlte, wie die Muskelspannung allmählich nachließ.

»Alles okay?«

»Jaaa ...«, hauchte ich zurück.

Dann stieß er vorsichtig zu, tastete sich gemächlich vorwärts.

Flackernde Hitze überströmte mich, der Lustsaft tropfte an meinen Schenkeln entlang. Gierig schob ich den Vibrator erneut in die Spalte.

Ein ungeheuerliches Gefühl.

Ich keuchte auf vor Geilheit.

Jayden bewegte sich rascher und ich erhöhte die Intensität der Vibration. Stöhnen, Keuchen, Klatschgeräusche erfüllten das

Schlafzimmer. So ausgefüllt kam ich innerhalb von Sekunden zum Höhepunkt. Ich schrie den Orgasmus heraus und krallte die Finger ins Bettlaken. Hinter mir ertönte ein volltönender Lustlaut, der mich erneut explodieren ließ.

Jayden fiel neben mir aufs Bett, bedeckte meinen Nacken mit Küssen und streichelte liebevoll über die Rückenpartie. Beide genossen wir stillschweigend den honigsüßen Nachklang des Erlebten. Nach einigen Minuten der Erholung drehte ich mich zu ihm, schaute in seine strahlenden Augen.

»Du bist der Wahnsinn, Philippa.«

Unsere Zungen tanzten so leidenschaftlich, dass mir fast die Luft wegblieb. So lagen wir eine Weile hauteng aneinander gekuschelt und erfreuten uns an der Nähe des anderen.

»Ich habe eine Idee«, verkündete er unvermittelt in die Stille des Raumes.

»Hm ...«, murmelte ich schläfrig.

»Komm mich doch in San Francisco besuchen«, setzte er die Überlegung fort und strich eine wirre Haarsträhne aus meinem erhitzten Gesicht.

Mit einem Ruck fuhr ich hoch. »Meinst du das ernsthaft?«, erwiderte ich aufgeregt.

Er wollte mich wiedersehen.

»Ja, gerne!«, strahlte ich erfreut. In dem Moment fiel mir ein, dass ich erst zu Weihnachten Urlaub nehmen konnte.

»Das wird aber noch ewig dauern, bis ich frei habe.« Trübsinnig starrte ich ins Leere.

Bis dahin hatte er mich längst vergessen.

»Komm doch geschäftlich, für die Firma«, schlug er vor.

Unglücklich musterte ich ihn. »Ich glaube kaum, dass der Chef mich in die USA fliegen lässt, zumal ich ja neu bin ...«

Jayden schlang tröstend die Arme um mich. »Na, überlass das mir. Ich werde sehen, was ich tun kann«, flüsterte er liebevoll.

Hoffnungsvoll sah ich ihn an.

Möglicherweise würden wir uns ja doch wiedersehen und wer weiß ...

Einigermaßen beruhigt kuschelte ich mich seitlich an ihn und schlief erschöpft und befriedigt ein.

Kapitel 10

Ich schlug die Augen auf und die Strahlen der Morgensonne trafen mich direkt ins Gesicht. Mürrisch drehte ich den Kopf zur Seite und schaute auf das zerwühlte Laken neben mir.

Schlaftrunken setzte ich mich mühsam auf.

Wo war Jayden?

Doch nicht etwa verschwunden, ohne sich von mir zu verabschieden?

Ein leichter Anflug von Panik erfüllte mich und der einschießende Adrenalinschub ließ mich hellwach werden.

Ich vermisste ihn jetzt schon.

Wie sollte ich die nächsten Tage, Wochen und Monate ohne ihn überstehen?

Vielleicht sah ich ihn nie wieder?

Ich seufzte, schüttelte ungehalten den Kopf und versuchte energisch, die niederdrückenden Gedanken beiseitezuschieben.

Ich würde ihn wiedersehen, basta!

Wahrscheinlich war er nur im Bad verschwunden. Ich lauschte angestrengt. Zu meiner Erleichterung hörte ich gedämpftes Wasserplätschern.

Er duschte.

Natürlich würde er sich nicht einfach so davon schleichen.

Nicht Jayden.

Glücklich sprang ich aus dem Bett und eilte auf den Flur. Dort rutschte ich um ein Haar auf dem Shirt aus, das achtlos auf dem Boden neben der Wohnungstür lag und ich lächelte unwillkürlich. Ich schnappte es mir, streifte es über und tapste barfuß in die Küche.

Während ich Kaffee kochte, fragte ich mich, warum ich mit einem Mal so gut gelaunt war, obwohl er heute abreiste und ich nicht wusste, wann ich ihn wiedersah. Ich wollte einfach den Moment mit ihm genießen. Vielleicht ergab sich ja doch in der Zukunft eine Möglichkeit, Jayden zu treffen.

Immer positiv denken.

Gedankenversunken deckte ich den Tisch fürs Frühstück und ließ nebenbei Wasser in das Spülbecken laufen, um noch ein paar Gläser abzuwaschen.

Es war eine eher sexuelle Beziehung mit Jayden, obwohl ich mir zweifellos mehr vorstellen konnte. In seiner Gegenwart blühte ich regelrecht auf. Wir lachten gemeinsam, hatten den gleichen Humor und der Sex mit ihm ...

»Hallo, wunderhübsche Frau!«

Ich zuckte erschrocken zusammen, während er sich hinter mich stellte. Der Atem auf meinem Nacken erzeugte ein angenehmes Kribbeln, das blitzschnell den gesamten Körper in Erregung versetzte.

Zärtlich strich er das Haar beiseite und küsste sanft die Linie des Halses. Diese winzige Berührung brachte mich beinahe um den Verstand. Lustvolle Schauer rieselten den Rücken hinab und sammelten sich im Schoß. Ich seufzte genussvoll und der Liebessaft benetzte die Schamlippen.

Plötzlich ertönte ein schepperndes Geräusch. Mir war das Wasserglas aus der Hand gerutscht, das ich abgespült hatte. Ich stand wie benommen da, durch und durch im Rausch der erregenden Gefühle gefangen.

Jayden löste sich behutsam von mir und ging vorsichtig in die Knie, um das Trinkgefäß aufzuheben.

Zum Glück war es nicht zersplittert.

Er stellte das Glas zurück auf die Theke, blieb dabei aber in der Hocke sitzen. Fingerspitzen berührten zaghaft meine Beine, strichen über die Waden, die Kniekehlen, hinauf zu den Oberschenkeln. Seine Hände hoben das T-Shirt an und massierten mit sanftem Druck die Pobacken.

Ich schnurrte wie eine Katze bei den hauchzarten Berührungen und verharrte in der Position. Er küsste den Hintern, der Mund tastete sich langsam zwischen die Schenkel vor. Ich empfand den warmen Atem auf der Haut, die Schamlippen reagierten, schwollen an.

Schmeckte er schon den lieblichen Nektar?

Die Vulva zog sich verlangend zusammen.

Mit Schwung drehte Jayden mich herum, sodass die feuchte Scham direkt vor seinem Gesicht prangte, und spreizte nachdrücklich die Beine auseinander.

Ich konnte nicht anders, als leicht in die Knie zu gehen und mich an der Küchentheke hinter mir abzustützen. Ich stöhnte auf. »Berühre mich endlich dort«, bettelte ich außer mir vor Lust und krallte begierig die Hände in seine Schulterblätter.

Erregende Hitze ließ die Scham überkochen, als er mit der Zungenspitze die Schamlippen betupfte, die Perle umkreiste und den Weg zum Scheideneingang fand. Der Höhepunkt nahte unaufhaltsam, die Beine zitterten und ich konnte mich mit Mühe noch aufrecht halten.

Als er an der Klitoris saugte und knabberte, verkrampften die Scheidenmuskeln, der Orgasmus entlud sich explosionsartig und ich stöhnte zitternd auf. Währenddessen drängte er die Zunge unbeirrt in die Öffnung und fing den herausströmenden Liebessaft auf.

Ich brauchte einen Moment, um mich zu erholen. Bedachtsam zog ich Jayden hinauf und küsste ihn leidenschaftlich. Dabei kostete ich die eigenen Liebestropfen und die Begierde entflammte erneut. Ich suchte den Blick seiner heißblütigen Augen und sah bei ihm das lodernde Begehren.

»Nimm mich bitte, gleich hier«, flehte ich.

Jaydens Pupillen blitzten lustvoll auf. Ohne ein Wort hob er mich an und setzte mich auf den Küchentisch gegenüber der Spüle. Rasch schob ich die Frühstückssachen auf dem Tisch beiseite, um besseren Halt und Platz zu haben, und spreizte die Schenkel gierig auseinander. Mit einer lässigen Geste ließ er das Handtuch fallen, das er nach dem Duschen um die Hüfte geschlungen hatte. Nackt, mit flackernden Augen stand er vor mir und ich starrte auf die wachsende Erektion hinab.

Dieser Mann hatte mich wahrhaftig von Kopf bis Fuß in seinen sexuellen Bann gezogen.

Doch genau das gefiel mir.

Jayden legte forsch die Hände um meine Hüften und zog mich heran, bis der pralle Stab den Lusteingang berührte. Ich atmete rascher, fieberte dem Augenblick der Verschmelzung entgegen. Er drang in mich ein, behutsam und genüsslich, immer wieder und jedes Mal tiefer, ohne das Tempo zu erhöhen.

Ich konnte es kaum noch abwarten, fest und hart gestoßen zu werden, diese hauchzarte Berührung traf direkt die Libido; peitschte sie an und zögerte ebenso den Höhepunkt hinaus. Zärtlich glitten seine Hände nebenbei über die Brüste. Dort, wo er mich streichelte, stoben Feuerfunken die Haut entlang. Der Puls beschleunigte und alles wurde heiß.

»Oh ... ich kann nicht mehr! Bitte, ich will endlich kommen ...«, wimmerte ich und schob ihm das Becken bereitwillig entgegen.

Er sagte kein Wort, doch er fing an zu keuchen. Winzige Schweißperlen blitzten auf der Stirn. Absolut liebevoll holte er mich nach oben, sodass ich jetzt vor ihm saß. Stürmisch schlang ich die Beine um seine Hüften, drückte den Unterleib an ihn, fühlte die Männlichkeit massiv in mir. Mit einer Hand griff er in mein volles Haar, zog leicht daran und brachte dadurch die Kopfhaut zum Kribbeln. Unsere Zungen spielten miteinander, während wir nach Atem rangen.

»Ich will in deine Augen schauen, wenn ich in dich stoße, möchte sehen, wie es dir gefällt«, presste er hervor und stieß härter zu.

Endlich.

Ich drückte mich meinem Begehren entgegen. Immer schneller wurde der Tanz; ich fühlte, wie er an Stärke zunahm. Ein gewaltiger Orgasmus rollte heran und ich schrie die Lust heraus.

Wir blieben noch einige Zeit in der Position, eng umschlungen.

»Ich glaube, ich brauche jetzt erneut eine Dusche. Kommst du mit?«, fragte er schelmisch.

»Also, ich denke, ich benötige die Abkühlung dringender«, grinste ich zurück. Lachend stürmte ich ins Badezimmer voraus und betätigte den Duschhahn. Während ich auf das warme Wasser wartete, umschloss er mein Gesicht mit den Händen und schaute mich hingebungsvoll an.

»Du bist der Wahnsinn. Ich werde dich vermissen«, flüsterte er und küsste mich erneut. Anfangs behutsam und sinnlich, später begierig und fordernd. Er saugte an den Lippen und teilte sie mit der Zungenspitze. Die Zungen verschmolzen zu einem Reigen der Lust, zärtlich und leidenschaftlich zugleich. Die Beine begannen zu zittern, doch er löste die Umarmung und hauchte: »Komm, lass uns duschen.«

Er zog mich in die Duschkabine, ließ einen Klecks Duschgel in die Hand tropfen und schäumte es zwischen den Handflächen auf. Als Nächstes verstrich er den Vanilleschaum am Hals, auf den Brüsten, dem Bauch, den Oberschenkeln.

Zum wiederholten Male flatterten die Schmetterlinge in meiner Magengrube, die Vagina pochte, der Liebessaft benetzte erneut die Scham. Als er sich aufrichtete, strich er mir behutsam das nasse Haar aus dem Gesicht, fuhr sanft mit dem Daumen über die Wange. Ich fühlte mich, wie in einem nicht enden wollenden Traum.

Gestern Abend, vorhin in der Küche und jetzt ein weiteres Mal?

So etwas hatte ich noch nie erlebt.

Doch der Körper gab mir eindeutige Zeichen.

Stürmisch schlang ich die Arme um seinen Nacken, schmiegte mich an ihn. »Was machst du nur mit mir?«, hauchte ich ihm ins Ohr. »Ich bin nur noch geil und es nimmt kein Ende. Was wird denn nur, wenn du weg bist?«

»Dann wirst du von mir träumen«, schmunzelte er, während eine Hand zur Scham wanderte. Zwei Finger glitten zwischen die Schamlippen und ich stöhnte auf. Sie drängten vorwärts in die Scheide und wippten rhythmisch.

»Oh ... ich kann nicht mehr! Wir haben doch vor einem Augenblick erst ... ohhh ...«

Jayden erhöhte das Tempo, statt aufzuhören. Keuchend klammerte ich mich an ihn, während er mich gegen die Duschwand drückte und einen Oberschenkel aufwärts an die Hüfte führte. Die andere Hand bearbeitete weiterhin die Lustgrotte. Mir kam es innerhalb von Sekunden und ich schrie die Lust heraus, als der Höhepunkt heranfegte. Tränen sammelten sich in den Augenwinkeln. Die überschwänglichen Emotionen und Orgasmen ließen mich übersprudeln vor Glück.

❋ ❋ ❋

Es war schon nach zehn Uhr. Keine Zeit mehr für ein aus-
führliches Frühstück. Stumm standen wir in der Küche und
schlürften den dampfenden Kaffee.

»Ich muss jetzt ins Hotel zurück, umziehen und auschecken.
Herr Schmidt hat eine Limousine bestellt, die mich gegen zwölf
Uhr zum Flughafen bringt.«

Ich wollte nicht darüber nachdenken.

Wie sollte ich mich nur verhalten?

Hilflos stand ich nur da, unfähig, meine Gefühle auszu-
sprechen. Ein winziger Lichtblick: Ich würde ihn nachher im Auto begleiten, wovon er jedoch keine Ahnung hatte.

»Ich muss jetzt leider gehen, sonst komme ich zu spät«, murmelte er und stellte die geleerte Kaffeetasse in die Spüle.

»Hm ...«, brachte ich heraus, die Kehle war wie zugeschnürt.

»Ich will doch auch viel lieber hier bei dir bleiben«, flüsterte er
und gab mir einen flüchtigen Kuss auf die Wange. »Wir sehen
uns ein zweites Mal, versprochen«, hauchte er ins Ohr, drehte
sich um und verließ zügig die Wohnung.

Schneller, als dir vielleicht recht ist, dachte ich beunruhigt.
Der kühle Abschied irritierte und ich zweifelte an meiner Idee,
ihn in der Limousine zu überraschen.

War ich doch nur eine vorübergehende Affäre?

Für einen Rückzieher war es zu spät.

Beeilung!

Ich hatte einen Plan und Lea half mir bei der Umsetzung. Entschlossen stürmte ich ins Schlafzimmer.

Ich wollte umwerfend für ihn aussehen.

Er sollte mich in Amerika nicht vergessen, dafür würde ich
sorgen.

Kapitel 11

Nervös fixierte ich die Drehtür des Hotels.

Hoffentlich konnte Lea ihn rechtzeitig aufhalten.

Zwanzig Minuten vor zwölf Uhr.

Ungeduldig schritt ich den Bürgersteig auf und ab, schaute währenddessen suchend die Straße entlang.

Wenn die Limousine nicht pünktlich erschien, zerplatzte mein wunderbarer Plan.

Von Weitem erblickte ich ein dunkles, längliches Auto, das blinkte, die Geschwindigkeit verringerte und direkt vorm Hotel anhielt.

Endlich.

Das wurde aber auch Zeit.

Ich trat einige Schritte nach vorne an den Fahrbahnrand und der Fahrer ließ das Fenster der Beifahrertür hinunter.

»Wie kann ich Ihnen helfen, Madame?«, fragte er höflich.

Ich erklärte ihm, dass mein Vorgesetzter in ein paar Minuten erschien und ich die Anweisung hatte, in der Limousine auf ihn zu warten. Er nickte kurz, stieg aus und hielt mir galant die Tür zum Wagen auf. Ich lächelte zuckersüß und bat ihn charmant, die getönte Scheibe zum Fahrerbereich hochzufahren, da der Chef ungestört sein wollte. Er musterte mich schmunzelnd und grüßte erneut.

Ich bemerkte entsetzt, dass mir das Blut ins Gesicht schoss. Ich fühlte mich ertappt, neigte den Kopf verlegen und schaute angespannt auf den roten Teppichboden des Fahrzeuges.

»Viel Verkehr heute auf den Straßen. Die Fahrt zum Flughafen wird höchstwahrscheinlich länger dauern, als geplant.« Ehe ich antworten konnte, ließ er die Autotür sanft ins Schloss fallen.

Verdammt, der wusste doch haargenau, was ich vorhatte.

Aber mit Sicherheit erlebte er das einige Male mit den Fahrgästen.

Hauptsache, er störte uns nicht.

Ungeduldig wartete ich darauf, dass die Trennscheibe hochfuhr. Schnell zog ich den Rock und die Bluse aus, positionierte mich auf der Sitzfläche entgegen der Fahrtrichtung, schlug die Beine elegant übereinander. Auf dieser Seite der Sitze sah man mich nicht sofort, wenn die Autotür geöffnet wurde. Nur mit aufreizenden Dessous und Pumps bekleidet wartete ich aufgeregt auf Jayden. Der Puls klopfte bis zum Hals hinauf und die Handflächen schwitzten.

Wie er wohl reagierte?

Na ja, er war ein begehrenswerter Mann und wir hatten seit einer Woche eine Affäre.

Er musste begeistert sein.

Dass ich es jemals wagen würde, halb nackt in einer Limousine zu sitzen, hätte ich niemals gedacht.

Dieser charmante Kerl stellte das Sexleben gehörig auf den Kopf.

Erstaunlicherweise gefiel mir das neuentdeckte Körperbewusstsein, das Frivole. Es erregte mich. Die Scham kribbelte und der Tanga wurde feucht im Schritt. Von draußen klang gedämpftes Murmeln an mein Ohr, doch durch die ebenfalls getönten Seitenscheiben konnte ich so gut wie nichts erkennen. Der Chauffeur stieg erneut aus und der Kofferraum wurde geöffnet. Die Limousinentür schwang auf und ich erkannte die Stimmen.

»Nein, nein. Ich fahre nicht mit, aber danke für die Einladung«, flötete Lea.

»Ich dachte, Sie sind die Begleiterin?«, antwortete Jayden erstaunt.

»Nein, Mr. Miller. Ihre Begleitung erwartet Sie in der Limousine.«

Das Herz schlug mir bei den Worten bis zum Hals vor Nervosität.

»Nun gut, Frau Bauer, dann verabschiede ich mich von Ihnen und bedanke mich für die ausgezeichnete Zusammenarbeit.«

»Danke, Mr. Miller! Das Vergnügen war ganz meinerseits. Angenehmen Flug«, zwitscherte Lea zurück.

Ich beobachtete angespannt, wie sie sich die Hand reichten. Endlich stieg Jayden ein. Der männliche Duft des herben Aftershaves wehte mir entgegen und vermischte sich mit meinem Vanille-Parfüm zu einer aphrodisierenden Komposition.

Als er mich erblickte, riss er im ersten Moment die Augen weit auf und schmunzelte anschließend.

»Soso, Frau Lehmann, Sie sind also die geheimnisvolle Begleitung.«

Ich schenkte ihm ein unwiderstehliches Lächeln. »Ja, Mr. Miller«, säuselte ich. »Ich hoffe doch sehr, dass Sie die Fahrt genießen werden«, fügte ich munter hinzu, während ich mit der Fußspitze an seinem Hosenbein entlangfuhr. Jaydens Augen flackerten auf und er griff wortlos zum Telefonhörer. Rasch stülpte ich meine Hand auf seine und schüttelte amüsiert den Kopf. »Der Fahrer hat von mir Anweisungen bekommen. Die kommende Stunde wird uns keiner stören.«

Verwundert legte er das Telefon auf den Halter zurück. »Du überrascht mich immer mehr, Süße«, wisperte er mit belegter Stimme.

Die schokobraunen Augen hielten meine herausfordernd gefangen, während er wortlos die Krawatte löste, aus dem Jackett schlüpfte und die Knöpfe des Hemdes öffnete. Ich rutschte neben ihn auf den Sitz, allerdings zog er mich blitzschnell auf seinen Schoss. »Ich hatte gehofft, dass du die Begleitung bist«, raunte er an die Halsbeuge.

»Ich kann dich doch nicht ohne ein Abschiedsgeschenk gehen lassen«, schnurrte ich katzenhaft. Wir küssten uns leidenschaftlich, während die Limousine losfuhr. Er streichelte den Rücken entlang und öffnete mit einer gekonnten Bewegung den BH, streifte ihn ab. Aufseufzend vergrub er das Gesicht in den Brüsten.

Die erhärteten Nippel ragten steil auf und jede Berührung elektrisierte gleich Stromstößen. Der Herzschlag pochte in den Ohren. Flink rutschte ich vom Schoß und kniete vor ihm auf dem flauschigen Teppichboden. Er öffnete schwer atmend den Reißverschluss der Hose und ich zog diese energisch mitsamt den Boxershorts hinunter. Das Glied ragte massig und prall vor mir auf. Gierig leckte ich am Schaft entlang und versuchte, ihn so weit wie möglich aufzunehmen und zu saugen. Jayden lehnte sich aufstöhnend zurück. Er löste die Spange am Hinterkopf, griff in die Lockenmähne, zog leicht an den Haarsträhnen.

Der Lustpegel stieg explosionsartig an.

Ich liebte es, wenn er mich so an den Haaren festhielt.

Ich keuchte, während ich weiterhin den prallen Luststab bearbeitete.

Ungestüm zog er mich nach oben, steckte herausfordernd die Hand in meinen Slip. »Wie feucht du bist!« Er versuchte, mir den Tanga hinunterzuziehen, doch in der Position unmöglich. Fragend musterte er mein Gesicht. Ich lächelte nur und Jayden riss ihn mir mit einem kräftigen Ruck auseinander.

»Ich hoffe ich bekomme nochmals Ersatz«, flüsterte ich erwartungsvoll.

Jayden hob mich an und dirigierte die flammende Scham über den pulsierenden Stab. Mit einem heftigen Stoß drang er massiv hinein. Ich stöhnte die Lust heraus und bewegte das Becken rhythmisch auf dem Schoß hin und her, vor und zurück. Immer ausgelassener wurde der Ritt. Jayden krallte stöhnend die Hände in mein Gesäß, saugte und massierte die Nippel der wippenden Brüste, während ich die Handflächen an die Limousinendecke presste. Ich fühlte, wie er in mir wuchs und an Stärke zunahm. Die Luft war angefüllt vom Stöhnen, vom Luftholen im Rausch der Begierde. Ich trieb unaufhaltsam dem Orgasmus entgegen, die Muskeln zuckten unkontrolliert um den Penis.

Ich wollte kommen.

Ungestüm führte ich die Hand zur Perle, massierte sie hemmungslos, bis ich explodierte und alles um mich herum für einen kurzen Augenblick verschwamm.

Atemlos schaute ich in die lustverhangenen Augen, die mir signalisierten, dass er auf den Höhepunkt zusteuerte. Flink löste ich mich vom Schoss, kniete erneut vor ihm auf dem Teppichboden und verschlang das pochende Glied. Es war viel gigantischer als am Anfang und ich hatte Mühe, ihn aufzunehmen. Liebestropfen quollen hervor und vermischten sich mit meinem Saft zu einem köstlich erregenden Geschmack.

Jayden fasste meinen Hinterkopf und presste die Männlichkeit so intensiv in den Mund hinein, dass ich beinahe würgen musste. Augenblicke später entlud er heftig zuckend den Liebessaft, keuchte die Ekstase rhythmisch hinaus.

»Darf ich den als Souvenir behalten?«, grinste Jayden und hielt den zerrissenen Slip triumphierend in die Höhe.

Ich lächelte amüsiert. »Ja klar, anziehen kann ich den ja nun nicht mehr«, säuselte ich spöttisch.

»Kommst du noch mit rein? Möglicherweise finden wir in einem der Shops Ersatz dafür.«

»Gerne«, flüsterte ich glücklich. Mir war jedes Mittel recht, um den Augenblick des Abschiedes hinauszuschieben.

Mir graute davor.

Jayden schien die Unruhe, die mich ergriffen hatte, zu spüren, denn er legte mir beruhigend den Arm um die Taille. Dankbar kuschelte ich mich an ihn, genoss die letzten Minuten an seiner Seite.

Am Flughafen angekommen gab Jayden dem Chauffeur die Anweisung, zu warten. Er nickte verständnisvoll und stieg zurück in die Limousine. Nachdem Jayden eingecheckt hatte, schlenderten wir durch die Halle. Ich hätte gerne seine Hand festgehalten, doch das kam mir zu unprofessionell vor. Zusätzlich hielten wir uns in der Öffentlichkeit auf und er war immer noch mein Chef.

Nach kurzer Zeit entdeckten wir einen Dessous-Shop und er bestand darauf, mir das zerrissene Höschen zu ersetzen. Unerwartet schnell hatte ich eine Auswahl getroffen.

»Willst du es sehen?«, rief ich ihm zu und steckte den Kopf aus der Umkleidekabine heraus.

Jayden lächelte, schlüpfte in die Kabine und zog unverzüglich den Vorhang hinter sich zu. Zärtlich strich er über die Wölbung des BHs und hinunter zum Slip. Grinsend zupfte er daran und ließ die Hände an den Pobacken herabgleiten.

»Ja ... der passt wie angegossen. Gefällt er dir?«, raunte er dicht am Ohr.

»Er ist ... sexy«, stammelte ich hastig.

»Ich denke, du wirst das Set gleich anbehalten?« Es hörte sich eher wie eine Aufforderung, als eine Frage an. Unsere Blicke spielten miteinander und ich musste mich beherrschen, um ihm nicht sofort um den Hals zu fallen. »Ich hoffe, du kommst mich bald besuchen, damit du mir die aufreizenden Dessous vorführen kannst.«

»Das wünsche ich mir auch«, seufzte ich niedergeschlagen. Trübsinnig begleitete ich ihn zum passenden Gate. Wir verabschiedeten uns kurz und formell, jedoch sprühte die Leidenschaft dabei aus den Augen. Ich schaute ihm hinterher, doch er drehte sich nicht noch einmal um.

Eine Leere erfüllte das Herz und ich vermisste ihn bereits jetzt schmerzlich. Ich wusste nicht, ob und wann ich ihn besuchen würde, oder ob er mit meinem Chef ein geschäftliches Meeting arrangieren konnte. Zumindest hatte er den zerrissenen Slip in der Tasche.

Ich musste unwillkürlich grinsen, bei der Vorstellung.

Auf alle Fälle hatte er ein zuckersüßes Andenken von mir dabei.

Kapitel 12

Jayden war vor zwei Wochen abgereist. Bisher hatte ich nichts von ihm gehört. Ich war enttäuscht. Zwar hatte ich mir vorgenommen, unserer kurzen Affäre keine große Bedeutung zuzumessen, aber insgeheim hatte ich gehofft, dass wir in Kontakt bleiben würden.

So konnte man sich täuschen.

Nachdenklich trat ich in die Duschkabine, drehte den Wasserhahn auf und ließ das angenehm warme Nass auf meinen Nacken herunter prasseln.

Ich seufzte. Letztendlich war er doch der Boss, wenn auch in San Francisco. Eine Fernbeziehung war meistens eine unglückliche Notlösung und oft zerbrachen diese Verbindungen über kurz oder lang.

Höchstwahrscheinlich hatte er mich ohnehin vergessen.

Unwirsch griff ich die Shampooflasche, füllte einen walnussgroßen Tropfen in die Handfläche und schäumte das Haar mit kräftigen Handgriffen auf.

Ich träumte immer noch von den prickelnden gemeinsamen Stunden. Wer wen verführt hatte? Keine Ahnung. Doch es hatte auf jeden Fall von Anfang an bei uns gefunkt. Bei dem Gedanken an die erotischen Begegnungen mit ihm lächelte ich unwillkürlich.

Ich hatte den besten Sex meines Lebens.

Er wusste, wie er mich rannehmen musste, konnte aber auch zärtlich und leidenschaftlich sein.

Zügig spülte ich das Shampoo aus den Haaren und angelte geistesabwesend das Duschgel. Etwas Gutes hatte die Affäre zusätzlich gehabt: Die Bekanntschaft mit Lea, oder wie man unser Zusammentreffen nennen sollte. Mit ihr hatte ich den ersten Dreier und auch die allerersten erotischen Erfahrungen mit einer Frau. Uns verband eine intensive Freundschaft und wir gingen oftmals ins Kino, nett Essen und Shoppen. Doch bisher hatten wir keinen Sex mehr miteinander. Eine reine Frauenfreundschaft.

Mir fehlte Jayden und niemand war im Moment in der Lage, ihn zu ersetzen.

Energisch drehte ich den Wasserhahn zu, trat aus der Dusche und schnappte mir das Badehandtuch. Rasch trocknete ich mich ab, föhnte die Haare und schlüpfte in bequeme Freizeitkleidung.

Es war Samstag und ich wollte mit Lea einen gemütlichen Abend zusammen verbringen; gemeinsam kochen und anschließend einen typischen Frauenfilm anschauen. Ich beeilte mich, da ich vorher noch ein paar Zutaten einkaufen musste. Auf dem Flur schnappte ich meine Handtasche und verließ eilig die Wohnung.

Wir saßen aneinander gekuschelt auf dem riesigen Ecksofa und schauten gebannt, mit Tränen in den Augen, auf die rührende Schlussszene des Liebesfilmes.

Ich liebte diese Schnulzen mit Happy End.

Doch heute versetzten sie mir einen Stich ins Herz. Mir wurde bewusst, wie schmerzlich ich Jayden vermisste.

Wieso gab es für uns kein Happy End?

Schniefend ergriff ich das Weinglas und trank einen kräftigen Schluck, starrte unglücklich ins Leere.

Lea schien zu bemerken, dass ich mich nicht nur wegen des Filmes wie ein Häufchen Elend in die flauschigen Kissen des Sofas drückte. Wortlos rückte sie dicht heran und schlang tröstend die Arme um mich. Ihre körperliche Nähe war angenehm beruhigend und ich schmiegte mich schluchzend an sie. Behutsam berührte sie meine Wange, kraulte das Haar. Aus tränenfeuchten Augen sah ich sie an.

»Ich vermisse ihn sooo sehr! Warum meldet er sich denn nicht bei mir?«, würgte ich heiser heraus. Lea legte eine Hand auf meinen Oberschenkel und streichelte sanft darüber.

Was sollte sie zudem antworten?

Das konnte nur Jayden.

Wir hatten des Öfteren zusammen gekuschelt, während wir uns einen Film anschauten, doch diesmal war, auf irgendeine Weise, alles anders. Höchstwahrscheinlich lag es an der melancholischen Stimmung.

Zweifellos verspürte ich ein wohliges Kribbeln im Bauch, das bis in die Scham ausstrahlte. Ich hatte nur Unterwäsche und ein langes T-Shirt an und Lea saß in Hotpants und BH neben mir. Sie ließ die Handfläche immer höher gleiten, bis sie den String berührte.

Unsere Blicke trafen sich und ich erkannte die Frage in den katzengrünen Augen. Ich antwortete, indem ich sie wortlos heranzog und zärtlich küsste. Sie erwiderte den Kuss leidenschaftlich fordernd und führte dabei die Hand in den Slip.

Ich stöhnte auf, drückte ihr bebend das Becken entgegen. Ihr Mittelfinger glitt sanft durch die Schamlippen und massierte zusätzlich die Perle. Die Erregung wuchs in jeder Sekunde und ich löste mich kurz aus der Umarmung, um das T-Shirt auszuziehen.

Lea holte die Brüste aus den BH-Schalen, ohne diesen abzustreifen. Sofort begann sie, an den Nippeln zu saugen und zu lecken. Der Puls beschleunigte augenblicklich und die Lust stieg rasant an. Ich presste mich rücklings aufs Sofa und Lea zog an meinem Slip. Stöhnend schloss ich die Augen und fühlte den warmen Atem zwischen den Oberschenkeln. Feuchtigkeit sammelte sich an den Schamlippen, floss mittig die Pobacken entlang. Ich fieberte der Berührung ihrer Lippen entgegen. Tupfende Zungenschläge trommelten auf die Klitoris, ertasteten den Weg zum Eingang.

»Oh ... du bist so feucht und schmeckst so berauschend«, stöhnte Lea und bohrte die Zunge zielstrebig in die Lustgrotte. Die Scham pulsierte. Ich streckte ihr das Becken entgegen, damit sie noch intensiver eindringen konnte.

»Jaaa ... mach weiter ... mehr!«, presste ich keuchend hervor. Ermutigt steckte Lea den Mittelfinger in den Spalt und saugte gleichzeitig an der angeschwollenen Perle. Sie stieß zu und löste sich wieder, bis sie erneut nach innen vorpreschte. Währenddessen knetete ich meine Nippel und stöhnte: »Oh ... nicht aufhören ... bitte!«

Lea keuchte ebenfalls und schob einen zweiten und dritten Finger in die Scheide hinein. Überrascht von der Fülle schrie ich auf. Doch Lea hielt nicht an, sondern penetrierte mich nur noch intensiver. Ich fühlte, wie der Liebessaft alles durchnässte. Lustvolle Wellen wogten heran, ich gab mich vollständig der Begierde hin.

Plötzlich erhöhte sich der Druck erheblich. Ich sog hörbar die Luft ein, riss erstaunt die Augen auf und hob den Kopf etwas an, um das Schauspiel zu betrachten: Leas zierliche Hand war komplett in mir eingetaucht; sie füllte die Lustgrotte fantastisch aus.

Aufstöhnend schaute ich in die lustverhangenen Pupillen der Freundin, die vorsichtig das Tempo steigerte. Die Geilheit überrollte mich und ich zuckte ekstatisch den Bewegungen entgegen.

»Ich komme gleich …«, presste ich keuchend hervor, während sich die Scheidenmuskeln verkrampften und Leas Faust kräftig umschlossen. In mir explodierte alles und ich sah blitzende Sterne hinter den verschlossenen Augenlidern.

Ich zitterte und versuchte, zu Atem zu kommen. Als der Höhepunkt langsam abklang, setzte ich mich auf und küsste Lea leidenschaftlich. »Das war der Wahnsinn«, flüsterte ich und senkte schüchtern die Augenlider.

»Du bist verdammt heiß, weißt du das?«, raunte Lea zurück.

Ich empfand den durchdringenden Blick mit jeder Faser des Körpers, der sofort feuriges Begehren auslöste. »Ich will mehr von dir, viel mehr«, hauchte ich mit zitternder Stimme.

Ich fühlte mich durch das Erlebte beschwingt und die Erregung hielt an. Lächelnd nahm ich Lea an die Hand und zog sie in das Schlafzimmer. Sie folgte stumm und wehrte sich nicht, als ich sie auf das Bett schubste und sogleich auf sie kletterte. Gierig stießen unsere Zungen aneinander, wobei ich erwartungsvoll den BH abstreifte und den Busen entblößte.

Lea stöhnte auf, als ich eine heiße Spur über die gehärteten Nippel zog. Immer weiter tastete ich abwärts, zog ungeduldig an den Hotpants und spreizte die Beine auseinander. Hell loderte das Verlangen in ihren Augen auf, während ich die Schamlippen auseinanderzog, und freie Sicht auf den Eingang und die rosige Klitoris hatte.

Die Scham war nass und glänzte einladend. Erregung fuhr in den Schoß und mein Saft floss erneut. Ich kniete mittlerweile vor dem feuchten Lusteingang und legte vorsichtig die Zunge auf die

lockende Perle, tupfte und saugte an ihr. Durch das Stöhnen an-
getrieben, stieß ich forschend die Zungenspitze kräftig in die
Scheide vor, während ich den Eingang zusätzlich mit der Finger-
spitze stimulierte. Sie keuchte und massierte hemmungslos die
Klitoris.

»Du machst das fabelhaft«, presste sie hervor. Sie bewegte heftig das Becken im Rhythmus, sodass ich das Gesäß stetig umklammerte, ohne die Vorstöße zu unterbrechen. Ich erspürte,
dass der Höhepunkt heranrollte, und saugte kraftvoll an der Perle, glitt mit der Zunge zwischendurch immer wieder in den Eingang hinein. Als sie den Oberkörper von einem Schrei begleitet
aufrichtete, registrierte ich die Muskelkontraktion und ein
Schwall Liebessaft ergoss sich stoßweise in meinen Mund.

Was für ein erregendes Gefühl.

Ich wartete, bis der Orgasmus abflachte, und kuschelte mich
eng an sie.

»Also, für eine Anfängerin bist du schon ziemlich gut«,
schmunzelte sie. »Ein Naturtalent!«

Ich grinste zurück. »Ich habe eben eine ausgezeichnete Lehre-
rin.«

Engumschlungen schliefen wir kurze Zeit später ein.

Als ich am nächsten Morgen erwachte, war Lea bereits im Badezimmer verschwunden. Ich hörte das Prasseln der Dusche,
streckte mich träge im Bett und beschloss, ihr ins Bad zu folgen.

Ich näherte mich der Zimmertür und vernahm ein un-
terdrücktes Stöhnen. Voller Neugier öffnete ich die Tür einen
Spalt und sah zu meiner Überraschung Lea mit gespreizten Beinen auf dem Fliesenboden der Duschkabine sitzen. Sie hatte einen Dildo in die Vagina eingeführt und stieß ihn rhythmisch

hinein. Als sich unsere Blicke trafen, lächelte sie mir zu, ohne das erregende Spiel zu unterbrechen.

Was für ein Anblick.

Feuchtigkeit benetzte bereits die Lippen und die Brustwarzen waren hart und spitz.

»Brauchst du ein bisschen Hilfe?«, neckte ich sie und schloss die Badezimmertür hinter mir. Ohne eine Antwort abzuwarten, öffnete ich die gläserne Duschkabinentür und kniete mich direkt vor Lea hin. Zärtlich massierte ich die zarten Knospen, die Beine, die Oberschenkel, während sie den Vibrator eine Stufe höher stellte. Dann nahm ich ihr das Spielzeug aus der Hand und ließ es erneut in die Vagina eindringen. Stöhnend stützte sie sich an der Duschwand ab, um nicht wegzurutschen.

Ich merkte, wie die Scheidenmuskeln den Luststab eng umschlossen.

Sie würde gleich kommen.

Meine Begierde wuchs, der Liebessaft tropfte mir aus der Scheide, die Scham pochte, schwoll an und ich stieß fest in die Lustgrotte. Sie keuchte unterdessen und massierte mit kräftigen Handbewegungen die geschwollene Perle. Ihr Körper zuckte in Ekstase und sie schrie den Orgasmus lauthals heraus, während ich den Dildo langsam aus ihr herauszog.

Lea strahlte mich an und versuchte, wieder zu Atem zu gelangen. »Willst du ihn auch einmal ausprobieren?«, fragte sie kurzatmig mit blitzenden Augen.

Ich war mittlerweile so erregt, dass ich nur stumm nickte.

»Komm! Hier drin ist es zu eng.« Blitzschnell nahm sie meine Hand und zog mich aus der Dusche. Sie drückte meinen Körper bäuchlings an die Kommode und streichelte sanft den Rücken, gab dem Po einen zärtlichen Klaps. Ich stieß einen überraschten Schrei aus. Doch bevor ich reagieren konnte, fühlte ich überraschend die harte Spitze des Dildos am Scheideneingang, der die Schamlippen auseinander presste.

Mein Schoß war heiß vor ungestilltem Verlangen und ich spreizte unwillkürlich die Beine auseinander. Immer wieder stupste Lea die Vibratorspitze an die Öffnung. Ungestümes Begehren überflutete den Körper und ich wollte nur noch den Luststab in mir spüren. »Bitte, lass mich nicht mehr warten«, flehte ich wimmernd vor Lust.

Ganz langsam, Stück für Stück drang der pralle Stab ein, bis er am Schluss komplett in mir steckte. Unvermittelt vibrierte das Spielzeug und die Begierde breitete sich wellenförmig über den Unterleib aus. Ich schnappte kurzfristig nach Luft.

»Oh ... ist das geil!«, entfuhr es mir, während ich die Oberschenkel weiterhin spreizte und leicht in die Knie ging. Lea ließ den Dildo fast herausgleiten und schob ihn endlich erneut kraftvoll in die Scheide zurück. Ungehemmt schrie ich die Lust hervor, wohingegen Lea das Spiel wiederholte und das Tempo verstärkte. Der Höhepunkt überrollte mich, die Beine zitterten und drohten, nachzugeben.

Sie zog den Vibrator aus der schmatzenden Lustgrotte, kniete sich von hinten zwischen die Oberschenkel und leckte gierig den Liebessaft.

Abends saß ich in meiner Wohnung auf dem Sofa und arbeitete noch. Doch die Gedanken schweiften immer wieder ab. Nun hatte ich zum zweiten Mal im Leben Sex mit einer Frau erlebt und es hatte mir gefallen.

Allerdings war es das, was ich mir für die Zukunft vorstellte? Sexbeziehungen?

Ich schüttelte energisch den Kopf.

Das würde mir langfristig gesehen keinesfalls ausreichen.

Lea war eine hinreißende Freundin und Arbeitskollegin, aber Liebe? Nein, mit ihr hatte ich ein wunderbares lesbisches Erlebnis, nicht mehr.

Und was war Sex ohne Liebe?

Ich träumte von einer ausgefüllten Beziehung mit einem Mann, bei der natürlich auch der Sex stimmen musste.

Jayden.

Ja, er war der Typ Mann, mit dem ich mir eine Zukunft vorstellen konnte, obwohl wir nur eine Woche zusammen verbrachten. Auf irgendeine Weise stimmte die Wellenlänge und wir harmonierten perfekt.

Schade, da traf ich einen Traumtypen und der wohnte ausgerechnet in den USA.

Unerreichbar.

Seufzend klappte ich den Laptop zu und lehnte mich auf dem Sofa zurück.

Schluss für heute.

Ich konnte mich nicht mehr konzentrieren, schaltete unwirsch den Fernseher ein und legte die Beine in die Höhe.

Kapitel 13

er nächste Tag schien ein ganz normaler Montag im Büro zu werden. Ich hatte mich, wie in den letzten Wochen üblich, mit Lea zum Mittagessen verabredet. Wir gingen in ein gemütliches Bistro unweit des Bürokomplexes und ergatterten einen Tisch in einer abgeschiedenen Wandnische. Ich stocherte nachdenklich im Salat herum, denn seit gestern Abend kreisten die Gedanken wiederholt um Jayden. Ich bekam ihn einfach nicht aus dem Kopf heraus.

Lea bemerkte selbstverständlich sofort die gedrückte Stimmung. Prüfend schaute sie mich an, legte verständnisvoll ihre Hand auf meinen Arm, tätschelte ihn zärtlich. »Was ist los, Süße?«, flüsterte sie mir eindringlich zu.

Niedergeschlagen sah ich sie an. »Ich kann ihn nicht vergessen und vermisse ihn fürchterlich«, würgte ich hervor. Die Kehle war wie zugeschnürt.

Sie seufzte. »Das habe ich mir längst gedacht.« Unglücklich starrte Lea auf die Tischdecke, nestelte nervös an der Serviette herum. »Ich hatte gehofft, aus uns könnte ein Paar werden. Aber du hattest mir ja gesagt, dass du auf Männer stehst.« Sie atmete schwer.

Ich musterte sie liebevoll und drückte nun meinerseits ihre zierliche Hand. »Es tut mir leid, das ich dir nicht das geben kann, was du möchtest. Bloß, mir ist gestern Abend klar geworden, dass ich eine Beziehung mit einem Mann suche und keine Sexabenteuer.« Ich schaute in die katzengrünen Augen. »Du bist eine großartige Freundin und ich hoffe, dass wir auch ohne Sex befreundet bleiben können.«

»Aber natürlich! Du kannst ja nichts dafür, dass du nur auf das männliche Geschlecht stehst.« Sie sah mich schelmisch an. »Obwohl du ein Naturtalent bist«, fügte sie grinsend hinzu.

Ich lächelte sie an. »Das mit dir war eine aufregende Erfahrung und es hat mir sehr gefallen. Aber für immer ohne Mann? Das kann ich mir kaum vorstellen. Ich glaube, ich bin doch altmodisch und konservativ. Ich möchte irgendwann heiraten, Kinder kriegen ...«

»Ja, ja, ich weiß ...«, unterbrach sie mich kichernd. »Das umfassende Gesamtpaket.«

»Wieso denn nicht?«, rief ich entrüstet.

Lea prustete los. »Du hast recht, das passt auch zu dir.«

»Nun werde mal nicht frech!«, polterte ich amüsiert zurück.

Unsere Blicke kreuzten sich, stumm sahen wir uns an.

»Wie geht es jetzt mit Jayden weiter? Wirst du ihn im Urlaub besuchen?«, wechselte Lea überraschend das Thema.

Ich seufzte. »Wenn ich das wüsste! Er hat sich die letzten zwei Wochen überhaupt nicht bei mir gemeldet, und ich werde ihm auf keinen Fall hinterherlaufen«, schnaufte ich.

»Hm ... schade. Ihr ward so ein bezauberndes Paar«, schwärmte Lea und rollte verträumt mit den Augen.

Energisch schob ich den Salatteller von mir weg. »Eine Fernbeziehung ist für mich undenkbar. Vermutlich ist es besser so, dass er sich nicht meldet. Wozu auch?« Ratlos zuckte ich mit den Schultern.

Lea legte die Gabel neben dem Teller ab und winkte den Kellner heran. »Zahlen bitte«, raunte sie ihm zu und beförderte das Portemonnaie aus ihrer Tasche. »Komm, vergiss den Mann. Wir gehen heute Abend tanzen. Du musst wieder unter Leute und auf andere Gedanken kommen. Womöglich treffen wir ja unsere Traumtypen«, blinzelte sie verheißungsvoll.

»Du hast recht. Ich brauche weiß Gott Ablenkung.« Energisch rückte ich den Stuhl nach hinten, während Lea die Rechnung bezahlte.

Eingehakt verließen wir kichernd das Lokal und schmiedeten Pläne für das Abendprogramm.

Am Nachmittag saß ich in die Arbeit vertieft am Schreibtisch im Büro, als das Telefon klingelte. Die Sekretärin des Chefs war am Apparat und teilte mir mit, dass Herr Schmidt sofort nach mir verlangte. Ich erschrak und Hitze schoss mir ins Gesicht.

Was hatte ich angestellt?

Oder hatte er doch noch von der Affäre mit Mr. Miller erfahren?

Mir wurde schwindelig und ich blieb für einen Moment wie erstarrt an meinem Platz sitzen. Als ich mich etwas beruhigt hatte, ging ich auf wackeligen Beinen und klopfendem Herzen zum Büro des Chefs. Herr Schmidt begrüßte mich jedoch strahlend und wir setzten uns in die bequeme Besucherlounge. Kurz darauf erschien die Sekretärin mit einem Tablett mit Kaffee und Gebäck.

»Danke, Frau Lehmann, dass Sie gleich vorbeischauen konnten«, plauderte er los. »Ich habe einen vollen Terminkalender, also komme ich sofort zur Sache. Haben Sie von den Ergebnissen des Projektes gehört?«

Verunsichert starrte ich ihn an.

Meinte er das Projekt mit Jayden?

»Nein, das habe ich noch nicht, Herr Schmidt«, antwortete ich zögernd.

»Nun, dann kann ich Ihnen mitteilen, dass ich heute Morgen eine E-Mail von Mr. Miller erhalten habe.« Eine unangenehme Pause entstand, während er die Unterlagen studierte.

Ich wurde immer nervöser und umklammerte die Kaffeetasse.

»Wie es aussieht, war das Projekt ein voller Erfolg. Mr. Miller war ausgesprochen beeindruckt von Ihrer Präsentation und den hervorragenden Ideen.«

Verblüfft starrte ich Herrn Schmidt an.

Er hat mich gelobt, schoss es mir durch den Kopf.

»Um es auf den Punkt zu bringen: Mr. Miller möchte, dass Sie an einem neuen Projekt mitarbeiten. Er bietet Ihnen an, als Europa-Marketing-Leiterin den Marketing-Start eines zusätzlichen Landes, Spanien, zu leiten. Dafür müssten Sie natürlich für drei Monate nach San Francisco, zum amerikanischen Mutterkonzern reisen.«

»Was?«, rutschte es mir heraus. Fast hätte ich den Kaffee verschüttet. Vorsichtig stellte ich die Tasse zurück auf den Tisch.

Herr Schmidt schaute mich prüfend an. »Das ist eine großartige Chance für Sie, Frau Lehmann. Ich an Ihrer Stelle würde das Angebot sofort annehmen.«

»Auf jeden Fall, Herr Schmidt. Gerne!«, rief ich erfreut.

Ich würde Jayden wiedersehen.

Für drei Monate.

Mein Puls raste und die Hände fingen an zu schwitzen vor Aufregung.

»Die Firma wird selbstredend die Reisekosten übernehmen und ein Appartement zur Verfügung stellen. Die genauen Reisedaten werde ich Ihnen noch heute zukommen lassen. Ach ja, ich empfehle Ihnen zu packen, denn Mr. Miller erwartet Sie am kommenden Montag.«

»In einer Woche schon?« Ich musste mich zwingen, nicht vom Stuhl aufzuspringen und einen Freudentanz zu vollführen.

Herr Schmidt lächelte nachsichtig.

»Ich werde Sie nicht enttäuschen, vielen Dank!« Überglücklich ergriff ich die ausgestreckte Hand und schüttelte Sie heftig.

Er lachte schallend und begleitete mich zur Bürotür.

Ich konnte es kaum glauben. Ich flog nächsten Montag in die USA und würde Jayden wiedersehen. Das hatte er ausgezeichnet eingefädelt.

Wie benommen ging ich zurück ins Büro.

Er wollte mit mir zusammen in Amerika arbeiten.

Drei Monate.

Bei dem Gedanken an ihn fühlte ich Schmetterlinge im Bauch. Ein leichtes Ziehen im Unterleib zeugte von der aufkommenden sexuellen Erregung. Ich dachte an unsere aufregenden Treffen im Hotel, in meiner Wohnung und sogar hier, auf der Damentoilette. Erschrocken bemerkte ich, dass der Slip erneut feucht wurde.

Noch eine Stunde bis Feierabend.

Ich musste mir Erleichterung verschaffen und dabei an ihn denken.

Zügig erhob ich mich und eilte zur Toilette. Als ich die Tür öffnete, prallte ich beinahe mit Lea zusammen. »Oh ...!«, rief ich irritiert aus.

Sie musterte mich mit einem durchdringenden Blick. »Was bist du denn so komisch drauf?«

»Was meinst du?«, antwortete ich mit einem unschuldigen Augenaufschlag.

»Na, du hast doch etwas vor«, sagte sie gebieterisch.

Ich lächelte sie an. »Dir kann man aber auch nichts verheimlichen.« Sofort erzählte ich ihr die einzigartigen Neuigkeiten, die mir Herr Schmidt soeben mitgeteilt hatte.

»Das ist ja super. Ich freue mich für dich!« Lea umarmte mich glücklich. »Und jetzt hat dich der Gedanke an Jayden total angeheizt«, konterte sie verschmitzt.

»Ja ...«, beichtete ich ihr. »Ich wollte mir auf gewisse Weise Erleichterung verschaffen.«

Sie grinste anzüglich und kniff mir in die Pobacke. »Benimm dich bloß in Amerika!«, lachte sie und flüchtete durch die Tür.

»Du Biest!«, rief ich und folgte ihr auf den Flur. »Ich denke, ich mache jetzt Feierabend. Konzentrieren kann ich mich so oder so nicht mehr. Im Übrigen hat Herr Schmidt gesagt, ich soll rechtzeitig mit Packen anfangen.«

»Tu das, meine Liebe!« Lea umarmte mich herzlich und gab mir einen flüchtigen Kuss auf die Wange.

Kapitel 14

J ch konnte es kaum erwarten, Jayden endlich wiederzusehen. Jedoch hatte er sich noch nicht persönlich bei
mir gemeldet, was mich verunsicherte.

Wollte er mich nur geschäftlich in seiner Nähe haben oder
auch privat?

Ich hatte zwar die Unterlagen ausgehändigt bekommen, damit
ich mich im Vorfeld mit dem Projekt vertraut machen konnte.
Doch der Kontakt bestand hauptsächlich über Mr. Millers Sekretärin.

Die Tage zogen sich endlos zäh dahin und ich wurde immer
nervöser. Am Tag vor der Abreise bekam ich ein geheimnisvolles
Päckchen zugestellt. In der Box befanden sich eine frische Rose
und eine Karte mit der Notiz: »Hallo, meine Süße. Ich freue mich
wahnsinnig auf dich. Kuss ... Jayden!«

Das Herz hüpfte vor Freude.

Er hatte mich nicht vergessen.

Die sexuelle Erregung steigerte sich bei dem Gedanken, ihn morgen zu treffen, und wer weiß, was noch so passierte.

Mit rot glühenden Wangen schnupperte ich genießerisch an der Rose.

In dieser Nacht hatte ich nicht viel geschlafen. Ich träumte von Jayden, und als ich erwachte, war ich feucht zwischen den Beinen.

Zum Glück begleitete mich Lea zum Flughafen. Sie hatte sich extra dafür freigenommen. Ohne sie hätte ich vor Nervosität garantiert die Hälfte vergessen.

Sie versuchte, mich zu beruhigen, und ich gestand ihr verlegen, dass mein Höschen bereits nass war bei dem Gedanken an ihn.

»Ach, mach dir keine Sorgen. Jayden ist ein netter Typ. Obwohl ich dir recht geben muss, dass er sich wirklich früher hätte melden können. Er wird auf dich aufpassen, wenn du dort bist.« Sie lächelte mich verschmitzt an. »Und was das andere betrifft: Da habe ich noch ein passendes Geschenk, für den langen Flug«, flüsterte sie.

Ich schaute sie überrascht an und nahm zögernd die Geschenkbox entgegen. Als ich sie öffnete und hineinschaute, stieß ich einen hellen Schrei aus.

Liebeskugeln.

»Was soll ich denn damit? Für den Flug?«, fragte ich erstaunt und ein bisschen verlegen.

Lea grinste. »Na, du bist doch jetzt schon geil, da können die dir Abhilfe verschaffen. Ich hoffe, du hast extra Unterwäsche eingepackt«, kicherte sie.

»Sehr witzig! Ich glaube nicht, dass ich für so etwas Zeit habe«, schnappte ich zurück.

Lea setzte ein unschuldiges Gesicht auf. »Warum nicht? Du sitzt mindestens zehn Stunden im Flieger. Und das Gästehandtuch steckst du zusätzlich ein.«

Ich zog die Augenbrauen in die Höhe, rümpfte die Nase und verstaute die Sachen auf der Stelle in meiner Tasche.

Die dachte aber auch nur an das Eine.

Kapitel 15

Erfreulicherweise hatte ich einen Platz in der Business-Klasse und somit einen bequemen Sitz und konnte mich ausreichend ausbreiten. Der Abschied von Lea viel mir schwer. Sie war mir in den letzten Wochen Freundin und Vertraute geworden. Aber wir würden uns ja in drei Monaten wiedersehen.

Die ersten Stunden im Flugzeug vergingen unerwartet schnell. Durch das servierte Essen und die abgespielten Filme hatte ich genug Abwechslung. Später schliefen die meisten Passagiere.

Ich versuchte, auch ein bisschen Schlaf zu bekommen, aber die erregenden Gedanken an Jayden hielten mich hellwach. Zufällig erblickte ich die Handtasche und Leas Geschenk fiel mir wieder ein. Ich zögerte einen Augenblick und sah mich verstohlen um.

Warum nicht?

Das würde doch keiner mitbekommen.

Entschlossen schnappte ich die Liebeskugeln und machte mich auf den Weg zur Toilette. Vorsichtig führte ich das Spielzeug in den Spalt ein.

Ein ausgesprochen erregendes Gefühl.

Fast hätte ich aufgestöhnt, so gereizt war die Vagina. Es dauerte einen Moment, bis ich mich an das ungewohnte Liebesspielzeug gewöhnt hatte. Nach ein paar Minuten schlich ich zum Sitzplatz zurück. Ich bat die Stewardess um eine Decke und ein Kissen und streckte die Beine lang aus.

Die Liegesitze waren wahrhaftig luxuriös.

In diesem Augenblick erinnerte ich mich an das winzige Handtuch in der Tasche und stopfte es vorsichtshalber unter meinen Rock zwischen die Oberschenkel.

Ich wollte ja keine Flecken hinterlassen.

Ich versuchte, mich zu entspannen, lehnte mich zurück, zog die Decke bis zum Kinn und schloss die Augen. Bei jeder Bewegung der Beine fühlte ich, wie sich die Kugeln in mir spielend bewegten.

Ein anregendes Gefühl.

Es erregte, jedoch nicht so intensiv, dass ich gleich stöhnen musste. Langsam döste ich in einen leichten Schlaf.

Ich träumte.

Ich saß immer noch im Flugzeug, allerdings nackt und mit Händen und Füßen an den Sitz gefesselt. Überrascht sah ich mich um. Wo waren die anderen Passagiere? Auf einmal näherte sich die Stewardess, grinste unverhohlen und musterte mich von oben bis unten. Dann kniete sie sich zwischen meine Beine und fing an, die Klitoris zu lutschen. Ihre Zunge fuhr durch die Schamlippen, teilte sie und drang, ohne Vorwarnung, in die Öffnung ein.

Ich versuchte verzweifelt, die Fesseln zu lösen, doch das Lecken der Stewardess wurde heftiger, härter und ich immer erregter. Die Frau sah in der Tat attraktiv aus in der Uniform: Kurzer dunkelblauer Rock, passende Pumps und ein ausgeschnittenes, eng anliegendes Top, das die füllige Oberweite nach außen drückte.

Eine ausgesprochen bizarre Situation, in der ich mich befand.

Obendrein kam noch ein Flugbegleiter hinzu. Mit lüsternen Augen sah er auf uns herab, öffnete die Hose und der pralle Stab federte hinaus. Wortlos stand die Stewardess auf und sie wechselten die Plätze. Er lehnte sich vor und stieß ohne Vorwarnung das Glied in meinen feuchten Spalt.

»Nimm sie hart ran! Die Kleine ist total heiß!«, feuerte sie ihn an.

Ich stöhnte und näherte mich dem Orgasmus ...

Plötzlich packte mich die Flugbegleiterin an den Schultern und schüttelte mich heftig. Alles verschwamm vor meinen Augen und ich hörte nur noch eine Stimme rufen.

»Hallo! Sind Sie in Ordnung?«

Mühsam schlug ich die Augenlider auf und sah die Stewardess neben dem Sitz stehen. »Ist alles in Ordnung mit Ihnen?«, wiederholte sie nachdrücklich.

Verwirrt sah ich mich um. Ich saß im Flugzeug, bekleidet, nicht gefesselt und dennoch klang die Erregung nach. »Ähm, ja ... mir geht es gut«, raunte ich.

»Hatten Sie einen Albtraum?«, fragte sie höflich.

»Ähm ... Warum? Nein ...«, stotterte ich verstört.

»Sie waren so unruhig und ... etwas geräuschvoll ...«, flüsterte die Stewardess diskret.

»Oh ... das tut mir leid ... Aber mir geht es wirklich gut, danke.« Das Blut schoss mir in den Kopf und ich schaute verlegen aus dem Fenster.

»Na denn, dann lasse ich Sie jetzt in Ruhe weiterschlafen«, antwortete sie lächelnd und entfernte sich taktvoll.

Ich setzte mich auf und bemerkte, dass die Liebeskugeln immer noch an Ort und Stelle steckten.

Langsam dämmerte es mir und ich wusste, dass ich die stimulierende Geschichte im Flugzeug nur geträumt hatte. Offensichtlich war die Erregung jedoch echt gewesen. Das Handtuch zwischen meinen Beinen hatte einen feuchten Fleck. Rasch zog ich es hervor und verstaute es unauffällig in der Tasche. Ich beschloss, die Dinger rauszunehmen, um mir größere Peinlichkeiten zu ersparen, und ging auf die Toilette.

Den Rest des Fluges versuchte ich, so wenig wie möglich aufzufallen. Niemand schien den Zwischenfall mitbekommen zu haben, außer der Stewardess, die mir ständig verschmitzt zuzwinkerte. Ich mied ihren Blick und atmete erleichtert auf, als das Flugzeug endlich landete.

Lea konnte was erleben, wenn ich zurückkam!

Mich in eine so peinliche Situation zu bringen.

Erschöpft, nervös, müde aber immer noch etwas erregt, holte ich das Gepäck ab. Anschließend suchte ich die Toilette auf, um mich frisch zu machen und einen trockenen Slip anzuziehen. Dann ging ich zügig durch die Sicherheitssperre in die Ankunftshalle des Flughafens. Man hatte mir mitgeteilt, dass ich abgeholt und zu einem Appartement gebracht werden würde. Angestrengt hielt ich nach einem Taxifahrer mit einem Schild und meinem Namen darauf Ausschau, konnte jedoch niemanden erkennen. Ich war verunsichert.

Sollte ich nochmals bei der Firma anrufen oder noch ein bisschen warten?

Ich fing an zu schwitzen und ein Anflug von Panik rollte heran. Plötzlich bemerkte ich, dass jemand von hinten dicht an mich herantrat. Ich zuckte erschrocken zusammen, wirbelte herum und sah in ein vertrautes, dunkelbraunes, strahlendes Augenpaar.

Jayden.

»Was machst du denn hier?«, rief ich fassungslos.

»Hallo, Philippa«, flüsterte er und gab mir förmlich die Hand zur Begrüßung.

Die Berührung ließ mich erzittern. Elektrisierende Hitze schoss durch die Handfläche, den gesamten Körper. Ich wollte ihm am liebsten um den Hals fallen, doch ich zögerte. Wir befanden uns in der Öffentlichkeit und ich wusste nicht, ob ihm ein stürmischer Empfang gefallen würde.

»Schön, Sie wiederzusehen, Mr. Miller!«, tönte ich etwas zu lautstark. Das Herz raste.

O Gott, er roch so verführerisch.

»Willkommen in San Francisco, Frau Lehmann.«

»Danke, Mr. Miller. Ich freue mich, hier zu sein.« Ich bemerkte, dass ich immer noch die kräftige Hand schüttelte, und ließ sie verlegen los.

Jayden grinste und musterte meine Erscheinung. »Hatten Sie einen angenehmen Flug?«

Bei der Erinnerung an den bizarren Traum und das wissende Lächeln der Stewardess errötete ich heftig.

Hoffentlich konnte er keine Gedanken lesen.

»Ja, er war ... sehr erfreulich«, antwortete ich bemüht emotionslos.

Jayden zuckte fragend mit der Augenbraue, bohrte aber zum Glück nicht weiter. »Die Limousine wartet vor dem Terminal. Ich bin auch soeben erst aus Washington eingeflogen und dachte mir, ich bringe dich persönlich zu deinem Appartement.

Der Chauffeur erwartet uns bereits.« Er nahm mir den Koffer ab und ich folgte ihm schweigend durch die Halle nach draußen, wo der Fahrer Jayden herzlich begrüßte. Dieser nickte mir diskret zu, verstaute das Gepäck im Kofferraum und öffnete höflich die Tür. Ich setzte mich elegant hin, ohne zu viel von meinen Beinen zu zeigen. Angespannt starrte ich aus den getönten Fensterscheiben und schwieg, da ich nicht recht wusste, was ich sagen sollte. Plötzlich fühlte ich eine streichelnde Hand auf dem Knie und drehte leicht den Kopf zur Seite, schaute ihn fragend an.

Jayden lächelte amüsiert und lehnte sich zu mir herüber. »Bekomme ich denn zumindest einen Willkommens-Kuss?«, flüsterte er und strich mir liebevoll eine Haarsträhne aus dem Gesicht.

Unsere Blicke trafen aufeinander und ich war vollkommen im Bann der schokobraunen Augen gefangen. Sie blitzten einladend und unsere Pupillen spielten miteinander, so wie es die Hände ebenfalls taten. Mir wurde gleichzeitig heiß und kalt durch die hauchzarten Berührungen, die knisternde Nähe.

Im Grunde sollte ich ihn zappeln lassen, weil er sich so spät gemeldet hatte.

Doch ich konnte mich nicht mehr beherrschen. Stürmisch schlang ich die Arme um seinen Hals und presste die Lippen fordernd auf den lockenden Mund. Er erwiderte den feurigen Kuss und legte dabei einen Arm um meine Hüfte. Der Puls schoss in die Höhe, die Atmung beschleunigte rasant. Die Zungen spielten ein ungebändigtes Spiel. Mit der freien Handfläche spreizte er mir die Beine auseinander und schob den eng anliegenden Rock hinauf. Weiterhin wanderte die Hand zielstrebig zur Spalte. Als die Finger durch den Slip die Schamlippen berührten, stöhnte ich auf.

Ein Schauer der Erregung durchlief meinen Körper und sammelte sich im Schambereich. Das Höschen war durchnässt und der Höhepunkt rollte in Wellen heran. Mit den Fingerspitzen rückte er den Tanga zu Seite und suchte den Eingang zum Lustzentrum. Keuchend lehnte ich mich zurück, legte den Kopf in den Nacken und spreizte erregt die Beine, soweit es ging. Ich konnte es kaum mehr aushalten und wollte nur noch die fordernden Berührungen auf der Haut spüren. Ohne zu zögern, schob er zwei Finger in die feuchte Scham.

Erneut stöhnte ich auf vor Lust und hob ihm auffordernd das Becken entgegen. Er stieß immer kräftiger. Die Scheidenmuskeln zuckten heftig. Wimmernd hob ich die Arme und krallte die Fingerspitzen um die Kopfstütze.

Jaydens Atem ging stoßweise, während er den Ringfinger zusätzlichen in den Schlitz hineinsteckte. Nach ein paar Stößen überrollte mich ein heftiger Orgasmus. Unverzüglich legte er eine Hand auf meinen Mund, um das Stöhnen zu dämpfen. Der ausströmende Liebessaft ergoss sich in seine andere Handfläche und auf den Rock. Ich zuckte ekstatisch und genoss das machtvolle Gefühl der Befriedigung.

Nachdem ich mich etwas beruhigt hatte, zog er die Finger langsam aus der Scheide, wodurch noch mehr Saft herausströmte. Der Slip und der Kostümrock trieften vor Nässe. »Na, da hatte es aber jemand nötig gehabt« grinste er frech.

»Oh ja, doch wir sind nicht fertig miteinander.« Ich zeigte auf die Beule in der Hose und fuhr sanft massierend darüber, während ich ihn aufreizend anlächelte. Er stöhnte und ich öffnete geschickt den Gürtel, kniete rasch vor ihm. Als ich die Anzughose samt Boxershorts hinunterzog, sprang mir der pralle Luststab entgegen. Gierig leckte ich kurz über die Eichel, schmeckte die ersten Lusttropfen.

Ich schleckte mit der Zunge bis zum Schaft und erneut aufwärts. Am Ende umschloss ich den Stab mit den Lippen, versenkte ihn Stück für Stück immer weiter im Mund. Ich lutschte und saugte intensiver am angeschwollenen Glied, wodurch er noch härter und voluminöser wurde. Es dauerte nicht lange, bis Jayden die Beherrschung verlor.

Er stöhnte volltönend auf, als sich das Sperma in meine Mundhöhle entlud. Ich schluckte den Liebessaft und leckte ihn anschließend sauber. Für ein paar Minuten legte ich den Kopf auf seine Oberschenkel und verweilte in der Position, bis wir wieder zu Atem kamen. Dann zog er mich auf den Sitz und wir küssten uns gefühlvoll.

»Wir sind bald da. Du solltest dich etwas frisch machen«, schmunzelte er.

Ratlos sah ich an mir hinunter. »Ja, aber mit dem Outfit kann ich unmöglich aussteigen«, jammerte ich betroffen und zeigte auf den enormen Fleck auf dem Rockteil.

»Keine Panik, diesmal habe ich vorgesorgt«, grinste er und reichte mir eine elegante Papiertüte, die gegenüber auf dem Boden stand.

Verblüfft nahm ich die Tüte entgegen und schaute überrascht hinein. Ich fand ein Set mit schneeweißen Dessous, einen kurzen dunklen Rock und eine schicke Blazer-Jacke.

Ich jauchzte entzückt auf. »Na, das hast du ja exzellent geplant. Du wollest mich also von Anfang an verführen, oder wie?«, meinte ich vorwitzig.

»Ich wollte nur einen Kuss, aber du bist mir ja gleich um den Hals gefallen«, konterte er.

Ich strahlte ihn an und bedanke mich für die elegante Kleidung. Eilig streifte ich den durchnässten Slip runter, schlüpfte aus dem Kostüm. Jayden zog sich währenddessen auch an, angelte den winzigen Tanga aus der Tasche und reichte ihn mir herüber. Gebannt beobachtete er mich, und bevor ich das Höschen hochziehen konnte, stoppte er die Hand. Verwundert schaute ich ihn an, während er bereits zwischen meinen Beinen hockte. Pfeilschnell berührte die Zunge die angeschwollenen Schamlippen und presste sie überraschend auseinander. Feuerfunken stoben durch den Unterleib, als die Zungenspitze behutsam nach oben glitt und die Perle umspielte.

Mir stockte der Atem. Als er den Kopf anhob, glühte ich vor Verlangen. »Was war denn das?«, hauchte ich erregt.

Jayden zog eine entschuldigende Grimasse. »Sorry, ich konnte nicht widerstehen. Ich musste dich sofort schmecken.«

»Also, am besten du warnst mich das nächste Mal, sonst reicht ein sauberer Rock kein bisschen aus«, konterte ich spöttisch.

Er lachte und ich schlüpfte in den Slip und den Kostümrock. Die feuchte Kleidung verstaute ich in der Papiertüte. Das Kostüm passte wie angegossen.

Die Limousine stoppte und der Chauffeur hielt uns erneut die Tür auf. Ich bedankte mich bei ihm mit einem hinreißenden Lächeln, während er mein Gepäck aus dem Kofferraum wuchtete und an der Eingangstür des Appartements abstellte.

Jayden war mir gefolgt und zückte den Türschlüssel. »Hier, bitte Frau Lehmann«, sagte er offiziell, schloss galant die Tür auf, trug den Koffer für mich hinein.

»Ruhen Sie sich erst einmal aus. Ich hole Sie morgen um acht Uhr ab und wir fahren anschließend gemeinsam zur Firma.«

Ich lächelte ihn zurückhaltend an. »Sehr gerne, Mr. Miller. Ich freue mich auf den ersten Arbeitstag.«

Wir verabschiedeten uns und Jayden stieg zurück in die Limousine. Verträumt schaute ich dem abfahrenden Auto hinterher. Ich konnte mein Glück kaum fassen.

Ich war in San Francisco.

Bei ihm.

Wenn auch nur für drei Monate.

Ich seufzte.

Aber so weit wollte ich jetzt noch nicht denken. Ich würde die Zeit mit Jayden genießen, auch wenn wir uns später zum zweiten Mal trennen mussten.

Kapitel 16

Zwei Monate später

Verträumt schaute ich aus dem bodentiefen Fenster, beobachtete die vorbeischlendernden Menschen und sah einem eng umschlungenen Pärchen hinterher. Jayden hatte mich, wie so oft in den letzten Wochen, zum Abendessen in ein gemütliches Fischrestaurant eingeladen. Es war bereits Ende September. In einem Monat würde ich nach Deutschland zurückfliegen.

Unvorstellbar.

Nervös nestelte ich an der Serviette, die ich während des Essens sorgfältig über den Rock des Designerkostüms ausgebreitet hatte.

Ein Geschenk von ihm.

Ein mulmiges Gefühl überfiel mich.

Wie sollte das aussehen?

Ein Leben, mein Leben ohne ihn?

Düstere Alltagssituationen schossen wie unheilvolle Blitze durch den Kopf. Beängstigende Leere erfüllte die Magengrube, breitete sich schleichend über den Körper aus, umklammerte das Herz, während die Kehle wie zugeschnürt war.

Ich hatte mich in Jayden verliebt.

Doch empfand er ebenso?

Erwiderte er die intensiven Gefühle?

Ich seufzte unglücklich, legte die Serviette auf den Teller zurück und ergriff das Weinglas.

In den vergangenen Wochen hatten wir uns jeden Tag getroffen, im Büro und privat. Der angebotene Job als Europa-Marketing-Leiterin entpuppte sich als Traumjob. Genau diese Position hatte ich für meine Karriere angestrebt. Sie füllte mich aus und ich fuhr morgens glücklich und motiviert im Taxi zur Arbeit.

In der Firma pflegten Jayden und ich einen eher geschäftlichen Umgang. Er war der Chef und Affären wurden dort nicht gerne gesehen.

Obwohl mir der Job Spaß machte, fieberte ich indes jeden Tag dem Feierabend entgegen. Zeit sparend nahm ich ein Taxi zum Appartement und wartete ungeduldig auf sein Erscheinen. Endlich waren wir privat und verhielten uns dementsprechend. Der Sex mit ihm war nach wie vor gigantisch, doch Jaydens pure Gegenwart erfüllte mich mit Zufriedenheit. Ich hatte das Gefühl, endlich angekommen zu sein.

Ich starrte weiterhin aus dem Fenster und nippte dabei am Weinglas.

Er hatte mir jeden Tag ein Stückchen mehr von San Francisco gezeigt und mittlerweile schwärmte ich für die Stadt mit ihrer Vielfältigkeit und unterschiedlichen Facetten. Auch er schien Freude daran zu haben, Zeit mit mir zu verbringen, mir seine Heimat ans Herz zu legen.

Aber liebte er mich?

Bisher hatte ich das Thema geflissentlich vermieden. Ich hatte Angst davor, dass die Hoffnungen und Träume für die Zukunft zerplatzen könnten. Doch je dichter der Tag der Abreise rückte, desto nervöser wurde ich.

Mein Blick wanderte ungeduldig in Richtung Toiletten. Jayden müsste jeden Augenblick zurückkommen. Heute hatte er mich nicht nur zum Abendessen ausgeführt, sondern wollte auch etwas Geschäftliches mit mir besprechen.

Eigenartig.

Bisher hatte er Berufliches und Privates strikt voneinander getrennt. Vielleicht war er unzufrieden mit den Leistungen und wollte mich nur nicht in der Firma bloßstellen. Bei dem Gedanken, dass er den Aufenthalt in San Francisco vorzeitig beenden könnte, wurde mir nahezu übel.

Schließlich war er nicht nur mein Geliebter, sondern genauso der Chef.

Hastig trank ich den Wein in einem Zug aus und stellte das entleerte Glas auf dem Tisch ab. In diesem Augenblick sah ich ihn lächelnd auf mich zukommen. Ich strahlte ihn an, ich konnte nicht anders. Sein Anblick erwärmte das Herz, das heftig zu klopfen anfing.

Der Kellner hatte in der Zwischenzeit das Geschirr abgeräumt und Jayden breitete soeben geschäftsmäßig einige Unterlagen großflächig aus. Ich wurde immer nervöser und die Ungewissheit schnürte mir die Kehle zu.

Jayden lächelte souverän und schob mir den Stapel Papiere zu. »Kommen wir zum geschäftlichen Teil unserer Verabredung, Frau Lehmann«, sagte er höflich.

Ich schaute ihn erschrocken an.

Warum siezte er mich?

Wir waren doch nicht in der Firma.

Krampfhaft versuchte ich zu schlucken, aber der Rachen war wie ausgetrocknet. Schnell nahm ich das Wasserglas und trank hastig, sodass ich mich heftig verschluckte. Ich hustete hinter vorgehaltener Hand und bemerkte entsetzt, dass ich rot anlief vor Anstrengung.

Auch das noch! Die Situation war peinlich genug.

»Alles in Ordnung, Philippa?«, erkundigte er sich mit gesenkter Stimme.

Er klang so sanft und besorgt, dass ich wieder hinreichend Mut hatte, aufzuschauen. Seine Augen leuchteten in einem intensiven Braun und ich konnte mich nicht von ihnen lösen. Jayden lächelte nachsichtig und schob mir demonstrativ die Unterlagen in die Hand.

»Lies erst einmal, bevor du auf unsinnige Gedanken kommst.«

»Die habe ich schon zur Genüge«, platzte es etwas zu schroff aus mir heraus. Doch er hatte die Neugier geschürt. Zögernd überflog ich den ersten Zettel und mir entfuhr ein gedämpfter Schrei.

»Meinst du das im Ernst?« Die Stimme überschlug sich vor Überraschung.

»Selbstverständlich, was denkst du denn? Das ist eine rein geschäftliche Angelegenheit und ein faires Angebot, wie ich finde.«

Fassungslos starrte ich auf das Blatt Papier.

Das war ein Vertrag.

Jayden bot mir, als mein Chef, einen unbefristeten Job im Konzern an.

Ich konnte in San Francisco bleiben, wenn ich wollte.

»Ich habe mich in den Büros umgehört. Alle sind begeistert von deinem Engagement und deiner liebenswerten Persönlichkeit. So jemanden kann ich doch unmöglich gehen lassen. Es wäre ein Verlust für die Firma«, fügte er eilends hinzu.

Ich löste den Blick von den Unterlagen und sah ihm forschend direkt in die Augen. »Wäre es auch ein persönlicher Verlust für dich, wenn ich zurück nach Deutschland müsste?«, flüsterte ich.

Die schokobraunen Augen hielten meinem durchbohrenden Blick stand. Zärtlich legte er seine Hand auf meine, drückte sie liebevoll und seufzte nachsichtig. »Ach Philippa. Hast du es denn nicht bemerkt? Ich habe mich unsterblich in dich verliebt und möchte mit dir zusammenleben.«

Ich hatte das Gefühl, das Herz würde gleich aus der Brust herausspringen, so sehr hämmerte es. Ein Glücksgefühl durchströmte den Körper und die Schmetterlinge im Bauch flatterten ungestüm. Es hielt mich nicht mehr auf dem Stuhl. Stürmisch sprang ich auf, ging um den Tisch herum und umarmte ihn innig. In dem Augenblick war es mir egal, dass ich mich in keiner Weise wie eine Dame benahm.

Jayden hatte mir seine Liebe gebeichtet.

Meine größten Wünsche gingen auf einmal in Erfüllung: ein Traumjob im Ausland und ein Traummann an der Seite.

Er lachte und küsste mich liebevoll. »Heißt das, du nimmst das Angebot an?«, hauchte er.

Glücklich rutschte ich auf Jaydens Schoß und kuschelte mich in seine kräftigen Arme. »Natürlich, ich nehme sogar beide Angebote an«, grinste ich schelmisch.

»Mich wirst du nicht mehr los, mein Schatz!«

»Das will ich auch hoffen«, flüsterte er voller Liebe.

Bücher von Sannah Scott

※ ※ ※

WAS FRAUEN BEGEHREN-REIHE

Was Frauen begehren ist eine knisternde Buch-Reihe über starke Frauen, die ihre Fantasien ergründen und dabei so einige Abenteuer erleben, aber auch vor schwierige Entscheidungen gestellt werden. Jeder Band ist eine in sich abgeschlossene Geschichte und kann unabhängig von den anderen Bänden gelesen werden. Die erotischen Romane richten sich an Frauen (und neugierige Männer), die prickelnden Lesespaß genießen, einfach gerne mal abtauchen und die Welt um sich herum vergessen möchten.

Was Frauen begehren - Seduce (Band 1)
Was Frauen begehren - In Love (Band 2)

2021 erscheinen:
Was Frauen begehren - Sensual (Band 3)
Was Frauen begehren - To Obey (Band 4)

Emilia Hayes ist jung, reich und verliebt. Sie ist eine 22-jährige Kunststudentin, der es auf den ersten Blick kaum besser gehen könnte. Doch natürlich versteckt sich ein Problem hinter der anscheinend perfekten Fassade. Emilia wohnt seit kurzem mit ihrer großen Liebe Marc Hansen in einem luxuriösen Penthouse in der Hamburger-Hafencity. Das Liebesleben der beiden ist allerdings alles andere als traumhaft. Emilia würde daran gern einiges ändern. Dieser Wunsch ist der Start einer sinnlichen Selbstfindungsreise, auf der die junge Frau ungeahnte Wege einschlägt, um ihr Ziel zu erreichen.

Christin trifft in einem Edel-Club auf den unkonventionellen Studenten Niklas. Sie vergisst schnell, dass sie eigentlich verheiratet ist und ihrem Mann treu bleiben sollte. Sie stürzt sich Hals über Kopf in einen One-Night-Stand. Als ihr Ehemann auf Geschäftsreise geht, gerät sie mehr und mehr in einen faszinierenden Strudel aus Leidenschaft und Begierde. Christin nimmt sich, was sie braucht, und erliegt hemmungslos ihren Gefühlen. Am Ende der turbulenten Woche muss sie jedoch eine wichtige Entscheidung treffen: Affäre, Ehemann oder beides?

Trotz ihrer ausgezeichneten Qualifikationen, dank denen sie viel bessere Berufe ausüben könnte, arbeitet Ellen als einfache Sekretärin. Dies hat auch einen guten Grund: Sie hat eine verdorbene Seite, die ihrem Boss zugutekommt: Sie genießt es, ihren Boss auf eher ungewöhnliche Weise zufrieden zu stellen - in allen Belangen. Es gefällt ihr, begehrt zu werden. In ihrem neuen Job kommt nichts dazwischen. Hier kann sie endlich ihre Wünsche ungehemmt ausleben. Wer leidenschaftliche Geschichten genießt, in denen es vor allem um Unterwerfung und Machtspiele geht, der ist hier an der richtigen Adresse.